KARIN SCHNIEDERS

ALS DER ZIRKUS KAM

ROMAN

Impressum

Als der Zirkus kam/Karin Schnieders
April 2003

ISBN 3-8311-4618-7

Layout und Satz: Jürgen Jobst, jürgen.jobst.design, Monheim
Umschlaggestaltung: Jürgen Jobst
Lektorat: Olaf Schnieders, Köln

Herstellung: Books on Demand GmbH, Norderstedt

ISBN 3-8311-4618-7

Die Schreibweise entspricht den Regeln der neuen deutschen Rechtschreibung.

KAPITEL 1

Sie kam von der Schule. Ihre Schritte waren langsam. Die Schultasche war so schwer. Heute war sie einen anderen Weg gegangen, sie wollte noch ein wenig die frische Luft einatmen. Ihr war so übel.

Ihre Augen glitten über den Festplatz. Etwas war anders. Die Übelkeit ließ fast keine Gedanken zu. Sie musste sich konzentrieren. Dann bemerkte sie es: „Ein Zirkuszelt, dort steht ein Zirkuszelt", sie nahm es wahr, und der Gedanke schien in Ihrem Gehirn zu verweilen, festigte sich, gab einem Plan Möglichkeit, ja, schien ihr plötzlich Hilfe zu gewähren.

Langsam – ohne Grund und Ziel, wie geführt von einer unsichtbaren Hand – ging sie zu den Wagen, zu dem Zelt.

Sie hörte Kinderlachen.

Hinter den bunten Wohnwagen spielten die Kinder.

Ein kleinwüchsiger Mann war der Mittelpunkt.

Sie hörte rufen: „Titin, fang die Bälle, Titin wirf den Hut, Titin spring durch den Ring!"

Titin lachte so herzlich, tat alles, was die Kinder verlangten und purzelte zuletzt zwischen ihnen herum wie eine Rolle.

Jetzt lachte auch Juliane, vergaß ihre Übelkeit, lachte so herzlich, dass Titin aufmerksam wurde. Mit seinen kurzen Beinen und langen, fast springenden Schritten lief er zu ihr und verbeugte sich mit großer Geste.

Und als er in ihr Gesicht gesehen hatte, er hatte sie lange mit durchdringendem Blick angeschaut, sagte er fast flüsternd: „Sag mir deinen Kummer, ich helfe dir. Du willst dein Kind hier lassen, weil hier glückliche Kinder wohnen, ich sah es in deinen Augen."

Juliane erschrak. Genau das hatte sie in dieser Sekunde gedacht
– genau das!
Dann hörte sie wieder die fast blecherne helle Stimme des kleinen Mannes: „Es wird mein Kind sein, ein Gottesgeschenk,
aber bleib, hier kannst du leben!"

Titin verschwand, wie er gekommen war. Juliane ging wie in
Trance langsam zum Park.
Sie merkte nicht einmal, dass sie ihre Schultasche bei den Zir-
kuswagen vergessen hatte.
Die Sonne schien warm zwischen großen Bäumen hindurch.
Sie setzte sich auf eine Bank unter eine Kastanie, ordnete ihren
weiten, dunkelblauen Rock, zog ihren viel zu warmen dicken
Pullover zurecht und scharrte mit ihren Füßen gedankenverlo-
ren in den heruntergefallenen Blütenblättern herum.
„Herabgefallen sind die Blüten, die so schön leuchteten – wie
Kerzen – wie Weihnachtsschmuck. Ich werde die Weihnachts-
kerzen nicht mehr sehen. Ich werde die Lieder nicht mehr
singen", dachte sie traurig und doch konnte sie nicht weinen.
Sie war erstarrt von der Schwere ihrer Sorgen.
„Meinen Geburtstag in wenigen Wochen werde ich nicht mehr
erleben. Ich werde keine fünfzehn Jahre alt werden, ich werde
gehen. Vielleicht in die Elbe? – Das Wasser ist tief, ehe Menschen da auftauchen. Habe ich den Mut, werde ich es können?
Was hatte der kleine Mann auf dem Zirkusplatz gesagt?"

In diesem Moment schreckte sie zusammen. Sie hatte ein
Rascheln und Knacken gehört, aber nun war es wieder still. Sie
drehte sich um. Sie sah niemanden.

So saß sie lange auf der Bank. Nach Hause wollte sie nicht
gehen. Sie wusste, ihr Vater würde sie schlagen, er würde kein
Kind dulden. Sie würde ohnehin ihr Zuhause verlieren.
Innerlich schrie sie: „Meine Omi, warum habe ich dich nicht
mehr, mein Opa, ihr habt mich allein gelassen! Ich war doch
immer euer Kind, ihr wart mein Zuhause. Omi, meine Omi,
du würdest mir jetzt helfen, du würdest mich lieb haben und
mein Kindchen auch! Ich müsste mich nicht fürchten!"
Sie schaute zum Himmel, als könnten ihre Großeltern ihren
Hilfeschrei hören.
Juliane hielt sich die Hände vors Gesicht. Sie drückte die Fin-

gerspitzen hart auf die Augen. Die flimmernden inneren Bilder zeigten das Auto, in dem ihre Großeltern umkamen. Noch immer fürchtete sie sich vor grellem Rot auf schwarzem Untergrund, das, was sie damals fast starr wahrgenommen hatte.

Sie erinnerte sich: „Es war Herbst – ich war gerade dreizehn Jahre alt, mein Leben hatte keinen Sinn mehr. Ich ging wie im Trance den letzten Weg – den Friedhofsweg – hinter den Särgen her. Meine Tränen ließen die Bilder in jenen ersten kühlen Tagen verschwimmen. Das bunte Laub raschelte unter meinen Füßen. Meine Eltern hielten mich damals von rechts und links. Ich hatte das Gefühl, ich müsse jeden Moment zusammensinken. In meinen Ohren klang noch immer die Violine meiner Musiklehrerin, die ganze Halle hatte sie mit den klagenden Tönen erfüllt."

Juliane nahm die Hände vom Gesicht und sah hinauf in die Baumkronen. Sie dachte:

„Damals auf dem Friedhof hatten mich meine Eltern halten wollen, sie glaubten, ich falle. Warum haben sie mich nicht weiter gehalten, ich brauche sie, ich brauche Mutti. Aber Mutti ist immer so weit weg. Sie lacht schon lange nicht mehr, sie hört nicht mehr zu, sie ist in einer anderen Welt.

Sie ist so depressiv.

Ich brauche auch meinen Vati, er hätte mich umarmen sollen, wie es Großvater getan hatte, er hätte mein Freund sein sollen, aber er ist nur Respektsperson. Ich gelte nur bei ihm, wenn ich ohne Pause lerne.

Für meine Brüder hatte er noch Zeit, aber die gehen längst eigene Wege. Ich war immer allein in dem großen Haus.

Dann sollte ich auch wie ein kleines Kind ‚fein essen, brav den Teller leer essen'.

Eines Tages wollte ich das alles nicht mehr.

Wenn ich das Essen sah, wurde mir übel. Mein Magen und mein ganzer Körper sträubten sich. Meine Beine waren Gummi. Meine Arme baumelten wie bei einer Stoffpuppe.

Es war mir egal, alles war mir egal!

Sie meinten es bestimmt gut, aber für mich war es schrecklich. Ich sollte fort. Sie schickten mich zur Kur."

Juliane sah noch einmal zum Himmel hinauf und rief fast unhörbar: „Meine Omi, hilf mir doch! Der Junge in der Kur, Pascal, er hatte doch gesagt, er liebe mich so. Ich hatte es geglaubt und war so glücklich, dass mich jemand liebt. Ich habe erlaubt, dass er mich ganz bekommt, weil er doch schwor, dass er mich so liebe, und es gehöre zur Liebe. Ich hatte nicht gewusst, dass so schnell ein Kind entsteht. Und dann sah er mich nicht einmal mehr an. – Oh, meine Omi, wo bist du?!"

Juliane saß ganz still. Sie fror. – Wieder hörte sie das Rascheln hinter sich. Ein leiser Wind hauchte die Tränen von den Wangen auf ihren dicken, grauen Wollpullover.

Die letzte Zeit hatte dieser Pullover das Geheimnis gewahrt und sie, wie sie glaubte, vor ihrem Vater, den sie in seiner Strenge fürchtete, beschützt.

„Wie abfällig er immer über junge, unverheiratete Mütter sprach, wie verächtlich, wie verständnislos und wie er mir damit immer drohte", kam es Juliane in den Sinn.

Sie wollte nicht mehr leben. – Das Kind aber sollte leben! Sie wollte es.

„Dieser Titin", sie dachte es, sie fühlte es, „Titin würde es nehmen. Ich kann dann gehen."

Sie hatte nicht mal mehr Angst. „Wie kann der Clown in meinen Augen sehen, was mit mir ist?

Aber ein Zirkus, ein Zirkus zieht weiter. Niemand wird fragen, oder muss ein Kind auch da angemeldet werden?"

Ihre Gedanken fanden keine Antwort. Aber der Gedanke, das Kind könne leben, wenn sie nicht mehr da sei, dieser Gedanke war Hoffnung. Alles schien nun geordnet zu sein. Sie hatte auch keine Kraft mehr zu denken, lehnte sich zurück, ohne auf die von Moosen bewachsene Banklehne zu achten.

War sie eingeschlafen? Es war dunkel geworden, als sie ein messerscharfer Schmerz von der Bank hochriss.

„Das Kind kommt, es will auf die Welt", dachte sie und wie von behütender Hand geführt, ging sie zum Zirkus. Niemand schien sie beachtet zu haben. Sie ging zu dem Zelt, fühlte in der Dämmerung mit der Hand an der Plane entlang und fand eine Öffnung.

Dort ging sie hinein, kam noch bis zur mit Sägespäne bedeckten Manege und fiel, die starken Wehen hatten eingesetzt, in die hölzernen Späne.

Da stand Titin plötzlich neben ihr.

„Bleib! Die halbe Nacht habe ich im Park bei dir gewacht. Es ist soweit. Ich helfe dir. Ich hole meine Mutter Martha!", sagte es und verschwand durch die Plane. Bald war er wieder da. Die gute Martha kam mit schnellem Schritt ins Zelt geeilt.

Und nun gab sie Titin der Befehl ‚bleib'.

Martha rannte noch einmal hinaus, schaltete im Laufen den großen Scheinwerfer an, lief am Wagen von Maria und Dunja vorbei, rief ihnen zu, sie sollten ins Zelt kommen, sollten sich beeilen und kehrte mit Tüchern und Laken aus ihrem Wagen zurück. Da merkte sie, dass sie in der Aufregung nicht an eine Schere, Band und Alkohol gedacht hatte und musste wiederum rennen.

Juliane schrie plötzlich gequält mit schmerzverzerrtem Gesicht auf. Sie schrie so, dass Titin erschrak. Aber nun funktionierte sein Gehirn. Er begriff, dass das Mädchen bereits das Fruchtwasser verlor, er musste handeln. Martha war nicht zurück. Doch da weinte das Mädchen so kläglich: „Hilf mir doch, hilf mir doch!"

Es war die Stunde, da Hilfe wichtiger ist als Schamgefühl.

„Leg dich auf den Rücken, ich muss deinen Rock hochlegen, ich muss dir deine Höschen ausziehen, zieh deine Knie an, drücke!" Juliane folgte allen Anweisungen.

Wieder kam eine Wehe mit diesem unbegreiflichen Schmerz – mit einem Schmerz, als würde ihr Körper zerreißen. Titin schrie sie an: „Drücke, presse, das Köpfchen kommt!"

Titin griff nach der Hose des Mädchens, die in der Sägespäne lag, hielt sie wie einen Topflappen am heißen Topf an das heraustretende Köpfchen, ließ sich von dem herzzerreißenden Schrei der Gebärenden nicht aufhalten und half vorsichtig dem kleinen Wesen, auf die Welt zu kommen.

„Es ist geschafft, es ist da, es ist ein Mädchen."

Er sagte es ganz leise – wie zu sich selbst. Er arbeitete noch immer wie ein perfekter Geburtshelfer, legte das kleine weiß glitschige Wesen auf den Körper der jungen Mutter.

Titin kniete vor Juliane, wischte seine Tränen am Ärmel ab, lachte dann laut in die nächtliche Stille hinein: „Mein Kind ist da, mein Kind ist da! Ich bin Vater!"

Juliane weinte leise vor sich hin. Sie streichelte das kleine, klebrige Neugeborene. Sie rührte sich nicht. Vom Schmerz erschöpft, war sie keiner Bewegung fähig.

Jetzt erklang ein Stimmchen – so neu – so fein – so zärtlich, ein Lebensschrei, ein Ruf nach Leben und Glück; ein Ruf – nicht nur für das Kind!

Martha kam mit den Frauen zurück. Maria und Dunja schauten erschrocken, die Hände vor den Mund haltend, auf das junge Mädchen, auf dessen Körper das nackte Baby lag.

Martha nickte Titin zu, ihrem Titin, ihrem tüchtigen Jungen, der mit seinen siebenunddreißig Jahren längst ein Mann geworden wäre, wäre er mit zwölf Jahren weiter gewachsen.

Die Frauen nabelten das Kind ab.

„Wie heißt du eigentlich?", fragte Martha das Mädchen und streichelte ihm zärtlich über seine verschwitzte Stirn. „Juliane", war die leise Antwort.

Titin stand mit einem Handtuch in der Hand bereit.

„Gib das Tuch her!" Martha wickelte das Baby ein. „Renn mit dem Engelchen in meinen Wagen, lege es in mein Bett, mache eine Wärmflasche, aber nur handwarm, decke das Kindchen zu, unseren kleinen Neuling!"

Titin rannte, das Kind fest an sich gedrückt, als könne seine Körperwärme das Baby schützen.

„Du bist meine kleine Rose, meine Rosalin, meine einzige Rosalin. Ich bin dein Vater, hast du es gehört, ich bin dein Vater, du darfst es nie vergessen, niemand auf der Welt kann dich mir wegnehmen!", beschwörend sagte er es mit seiner blechernen Stimme und gab dem kleinen Kind die Laute an, auf die es hören würde.

Titin saß vor dem Bett, und seine Augen ließen nicht ab von dem weiß verschmierten Gesichtchen, aus dem zwei Augen zu ihm sahen, – oder sahen sie durch ihn? Sie suchten ein Ziel. Die kleinen Hände, ebenfalls weiß beschmiert, griffen, bis sie sich fanden und gegeneinander stießen. Dann bewegte sich das Köpfchen, drehte sich zur Seite und der Mund suchte.

Titins Herz klopfte. Er dachte lange nach. „Nein, solch einen

Moment habe ich noch nie erlebt, nicht einmal Jumbos Geburt vor drei Jahren hatte mir so viel Aufregung gebracht, obwohl es schien, dass der Elefant die Geburt nicht überstehen würde und lebte dann doch."

Es war ganz still im Wagen, nur die Uhr tickte.
Er hatte nie die Uhr ticken gehört, aber jetzt hörte er sogar das Klopfen seines Herzens.

Endlich kamen die Frauen. Sie trugen Juliane herein und legten sie zu der Kleinen ins Bett.

„Geh jetzt, Titin", sagte Martha, „geh schlafen. Komm morgen aber früh. Wir brauchen dich."

Da saß er nun auf der dunklen Stiege vor seinem Wagen, sein Herz lachte und seinen Augen weinten.

Martha hatte sich auf das Sofa gelegt.
„Was wird nun sein", dachte sie. „Das Kind muss angemeldet werden, die kleine Mutti kann bei mir bleiben, aber wird es der Direktor zulassen? Vielleicht kann sie im Zirkus bleiben, lernen, Schule, ein Fernstudium?"

Ihre Gedanken gingen zurück: „Ich muss es endlich Titin sagen, endlich – nach diesen vielen Jahren." Sie legte ihre Hand auf die Stirn, hielt sie sekundenlang in der Stellung, als könne sie mit der Kraft der Hand endlich die Kraft finden, Titin die Wahrheit zu sagen.
„Damals, es war ein kalter Februartag 1955, ich scheute mich, aus dem warmen Wagen zu gehen. Eisiger Schneeregen peitschte mir entgegen. Da lag die Deckenrolle – ach ja, die Deckenrolle auf der Treppe", – sie atmete tief. „Wir hatten das Winterquartier in Westberlin. Berlin, oh ja – Berlin war noch geteilt, Deutschland war geteilt! Die inneren Stadtgrenzen wurden von den Alliierten, den Amerikanern, Engländern, Franzosen und Russen bewacht. Am stärksten war die Kontrolle vom Ostteil Berlins her. An einigen Straßen waren Schlagbäume, die die Grenze anzeigten. In den S- und U-Bahnen wurde durchgesagt ‚Hier endet der demokratische Sektor Westberlin', oder ‚Letzte Station der Deutschen Demokra-

tischen Republik'. Doch die Menschen aus dem Ostsektor kamen in ganzen Scharen besuchshalber nach Westberlin, – oh, viele blieben auch. Wer es sich leisten konnte, kaufte Dinge, die in der DDR nicht zu erhalten waren.

Es kamen sogar Zirkusbesucher aus dem Ostteil der Stadt Berlin. Im Sommer 1948 war im westlichen Deutschland die Währungsreform. Die Deutsche Mark, genannt DM, wurde eingeführt. Zur gleichen Zeit wechselte in der DDR die alte Reichsmark in die ‚Mark'. Das Geld Ost und West hatte einen sehr unterschiedlichen Wert. Einige Menschen tauschten ihr Geld zum Kurs von einer DM West gleich fünf Mark Ost, später war der Wechselkurs sogar sechs Mark. Aber trotzdem kamen sie in den Zirkus. Viele Besucher waren Gäste ihrer ‚Westverwandten'.

Am 13. August 1961 wurde die Mauer durch Berlin gebaut. Nun konnte niemand mehr kommen."

Martha erlebte in dieser anstrengenden, angespannten Stunde alles noch einmal.

Und plötzlich fühlte sie diese Aufregung erneut, die nun schon siebenunddreißig Jahre zurücklag, als sie sich auf ihrer Außentreppe vom Wohnwagen im eisigen Schneeregen zu jenem Bündel, der rot karierten Decke, bückte. Sie hörte die Babystimme wieder und erinnerte sich, wie sie das Bündel an sich drückte, wie sie sich auf der schmalen Stufe umdrehte, wie sie eilig in den Wagen zurückging und die Tür schloss. Als sie die Ecken der Decke aufklappte, sah sie in ein Babygesicht, sah in große, dunkle Augen. Zwei kleine Arme streckten sich ihr entgegen. Im verwaschenen Strampelhöschen steckte ein Zettel mit nur einem einzigen Wort: Martin.

„Damals, damals – seitdem ist eine Ewigkeit vergangen! Oder war es gerade eben?"

Sie hatte sich aufs Sofa gelegt. Sie war erschöpft. Ihre Gedanken kreisten in der Vergangenheit. Die Aufregung der Nacht ließ längst verblasste Bilder noch einmal erscheinen. Sie sah sich wie vor vielen Jahren in der Zirkuskuppel auf der Empore.

Alles ging in den Traum über, den sie so viele Male geträumt hatte, der Traum, der einstmals so bittere Wahrheit war.

Sie sah ihren Pierre, ihren geliebten Mann, den talentierten Artisten, zu dem gegenüberliegenden Trapez springen. Tausendmal war er gesprungen. Tausendmal stand sie ihm hoch oben gegenüber, das Trapez wurfbereit in der Hand. Diesmal verfehlte Pierre das Ziel und stürzte in die Tiefe.

Sie hörte ihren eigenen Schrei. Sie fühlte die harte Strickleiter, an der sie zu Boden glitt. Sie fühlte ihr Herz stillstehen, als sie vor dem verdrehten Körper ihres noch so jungen Ehemannes kniete. Sie sah in seine großen Augen, aber seine Augen sahen sie nicht mehr. Aus seinem Mund und seinen Ohren liefen Blutstreifen über den schlanken, muskulösen Körper. Er war neununddreißig Jahre alt. Sein Leben war zu Ende.

Martha weinte im Traum. Sie hatte so viele Male geweint. Sie konnte nie vergessen, wie sehr sie der Schmerz traf.

Am Morgen wurde sie durch ein leises Stimmchen geweckt. Im Moment fand sie sich nicht zurecht.

Der Traum hatte sie verwirrt.

„Titin jammert", dachte sie und stand auf. Doch es war das Baby von Juliane. Der Traum hatte die Zeiten zusammenfließen lassen. Sie stellte den Wasserkessel auf den Gaskocher. „Zuerst kann das Kind Tee bekommen", sagte sie leise zu sich, „dann werden wir sehen, ob die junge Mutti stillen kann. Auf jeden Fall werden wir Pfefferminztee mit Milch mischen, das wird der kleinen Mutti gut tun."

Juliane war aufgewacht. Sie fühlte sich so schwach. Sie fragte nach der Toilette. Aber Martha stellte ihr einen Nachttopf hin und lachte sie freundlich an. Juliane musste auch lachen. „Bin ich ein Baby?" „Ja, ja, meins", antwortete Martha mit einem so herzlichen Blick.

Juliane war verwundert über das Handtuch zwischen ihren Beinen. Aber jetzt war Martha wirklich Mutter. Sie erklärte dem jungen Mädchen die Sache mit dem Wochenfluss.

Sie fand einfache, selbstverständliche Worte, dass Juliane die Natürlichkeit verstand.

„Denken wir heute noch an die Elbe, an das Wasser, was den Menschen lange nicht mehr frei gibt? Können wir heute vielleicht an Besorgungen denken, an Babysachen, an Babynahrung, an einen Babywagen?"

Martha sah zu Juliane und nahm ihr Erstaunen wahr.

„Mein Kind, na – schon eher, mein Enkelkind, ich bin jetzt siebenundsechzig Jahre alt, das Leben ist nicht immer nur Problem. Das Leben kann so wunderschön sein, auch wenn du es heute nicht glauben kannst. In diesem Moment gibt es nur eine Wichtigkeit: Du und dein Baby sollen leben! Ich helfe euch. Der liebe Gott weiß, warum er mir die Aufgabe stellt. Ich werde sie lösen. Ich habe schon einmal eine Aufgabe bewältigen müssen." Sie drehte sich weg und sagte mit leiser Stimme: „Niemand weiß es mehr, denn der alte Saratini ist tot. Er hatte mir damals geholfen, als das Findelchen auf meiner Treppe lag. Er hatte bezeugt, es sei mein Kind, ein Kind von meinem geliebten Pierre, der sechs Monate vorher vom Trapez gestürzt war.

Titin ist nicht mein Sohn, er ist ein Findelkind. Aber schweig!"

Bei den letzten Worten war die Tür aufgegangen, Titin hatte alles mitgehört.

„Mutter Martha, meine Mutter Martha, ich bin dein Kind! Ich bin es!"

Er setzte sich auf einen Stuhl, senkte den Kopf, er zitterte am ganzen Körper. Über seine Wangen liefen Tränen.

Martha erschrak.

Sie streichelte über sein Haar, als sei er noch ein Kind. „Du bist mein Sohn, du warst es immer und bist mit meinem Namen angemeldet, du bist ein Lucard."

Titin sah zu ihr. „Natürlich", dachte er, „natürlich ist sie meine Mutter." Aber die Situation gab ihm keine Zeit zum Nachdenklichwerden.

„Wir gehen gleich einkaufen Titin, wir brauchen viele Dinge."

Martha hatte bereits gesehen, dass Juliane nicht stillen würde. Die Brustwarzen waren nicht genug entwickelt. Sie erklärte Juliane, wie sie prüfen könne, ob sie Stillmilch habe, und sagte: „Die Milch schießt oft erst nach drei Tagen ein, wenn es die Erstgeburt ist. Doch in deinem Fall ist es ganz und gar besser, wir kaufen Babynahrung. Das erspart dir Probleme, wenn du wieder in die Schule gehst. Schau mich nicht so mit deinen großen Augen an, mein Kind. Wir müssen über deine Zukunft nachdenken. Wir müssen noch sehr viel denken, denn da sind so einige rechtliche Dinge, die wir nicht übersehen dürfen.

Aber heute denken wir noch nicht nach, du musst dich ausruhen. Komm Titin, wir haben wenig Zeit. Das Baby wird trinken wollen."

Titin strahlte. Er beugte sich über das kleine Mädchen, dem er den Namen Rosalin gegeben hatte.
„Es ist mein Kind, ich werde mich beeilen, ich werde sorgen, niemand kann es mir nehmen!"
„Ja", sagte Martha zu Titin, „ja, diese Worte waren auch meine, als ich dich von Gott geschenkt bekam. Du, mein Junge, bist immer mein Lebensglück gewesen und wirst es immer sein."
Titin fragte nicht mehr. Was ging ihn die Vergangenheit an. Sein Leben war erfüllt mit Freude und Spaß. Er war ein Clown geworden mit ganzem Herzen und ganzer Seele.
Dass er nicht gewachsen war, er hatte es fast vergessen, zu lange war die Erkenntnis her, die nicht zu ändern war. Nun rannte er Martha nach, die schon den Wagen verlassen hatte.

Im erwachenden Zirkus verbreitete sich die Kunde von der Geburt des kleinen Mädchens, erweckte Staunen, Freude, Mitsorge und Mitgefühl, und bevor das Problem der Situation mit all seinen Schwierigkeiten bedacht wurde, begann jede der Frauen darüber nachzudenken, wie sie helfen könne.
Dunja kramte sofort in einer alten Kiste, suchte nach den Babysachen ihrer Kinder. Sie hatte fast nicht mehr daran gedacht, der Aufbewahrungsort unter dem Einbauschrank war schon vergessen. Sie hielt die kleinen Jäckchen in der Hand, breitete erinnerungsreiche Kindersachen aus, war gerührt und glücklich. Sie raffte den größten Teil der Babykleidung zusammen, rannte aus dem Wagen und lief Titin direkt in den Weg.
„Komm, Titin, komm, du musst alles sehen!"
Titin lief zurück.
Leise öffnete sie die Wohnwagentür und breitete die kleinen Dinge auf dem Tisch aus.
Martha war zurückgekommen, vielleicht konnte sie weniger Sachen einkaufen.
Die Frauen waren gerührt. Titin schnappte sich einen Strampler und hielt ihn über Julianes Gesicht, auch die Augen des Babys waren suchend auf ihn gerichtet.
„Rosli, das ist deins!" Als könne der kleine ‚Frischling' begreifen, was Titin meinte.

„Titin", sagte Juliane leise, „du bist so lustig!"

Es klopfte an der Tür. Draußen stand Maria.
„Ich habe noch den alten Kinderwagen. Es war gar nicht leicht, ihn aus dem Abstellschrank zu ziehen, aber ich wollte es gleich tun. Ihr braucht ihn doch."
Martha stand staunend da.
„Juliane", sagte sie, „Juliane, schau wie viel Hilfe du bekommst, wir sind alle für dich da!"
Juliane begann zu weinen. Es war so aufregend. Sie war erfüllt von der Freude, die ihre kleine Tochter brachte, von der Fürsorge der fremden Menschen, von Titins glücklichem Lachen.

Martha nahm das Erregtsein der jungen Mutter wahr und schickte alle aus dem Wagen.
Draußen wurde beraten. Es war eine Konferenz der Mütter und Titins, der sich als Vater vorstellte, dass alle über seine Späße lachten.
„Hört", rief Martha, „ich muss schnell in die Drogerie. Wir haben kein Fläschchen, keine Babynahrung, keine Windeln. Ich bin bald wieder zurück!" Sie lief eilig fort. Titin musste sich sehr bemühen, ihr nachzukommen.
Bald waren viele Mitglieder der Zirkustruppe versammelt.
Sie sprachen aufgeregt miteinander, denn sie fühlten, hier ist eine ganz schwierige Situation.
Sie waren gezwungen, eine Lösung zu finden, weil sie glaubten, dass sich die junge Mutter sonst das Leben nehmen würde.

„Wir müssen das Kind anmelden."
„Wir müssen die Eltern informieren."
„Wir müssen den Direktor sprechen." – „Wir müssen ..."
Jeder nannte eine Notwendigkeit.
Die Zeit verging.
Martha kam zurück. Titin schleppte einen großen Beutel mit sich, sprang die Stiegen zu dem Wagen hoch und sah, dass Juliane und ihr Baby fest schliefen.
„Maria, Dunja, kommt!", befahl Martha und lief in Richtung des Hauptwagens. Der Trupp der anderen Zirkusmitglieder ging entschlossen hinterher.
Es war ein warmer Junimorgen im Jahr 1992.
Josef Wander saß mit seiner Frau Sonja am Frühstückstisch

vor dem Wagen. Verwundert sah er auf den herankommenden, schweigenden Menschentrupp.

Bevor er nur eine einzige Frage stellen konnte, sprachen alle durcheinander, er konnte den Inhalt nicht begreifen, und mit einer Geste gebot er Ruhe.

Martha stand vor ihm, er schaute sie fragend an.

„In der Nacht ist ein Baby im Zelt geboren. Ein junges Mädchen aus der Stadt, es ist noch nicht fünfzehn, ist die Mutter, – ich muss sagen, ein Kind aus der Stadt. Das Mädchen ist in meinem Wagen. Wir haben ihm bei der Geburt geholfen. Alles ist gut verlaufen, das Kindchen ist gesund."

Jetzt kam eine lange, stille Pause.

Direktor Wander wendete kein Auge von Martha, als wolle er mit dem fragenden Blick diese wunderschöne Tatsache und doch so ernste Situation verstehen. Man musste ihm nicht sagen, dass das fremde Mädchen verzweifelt war, man musste ihm gar nichts erklären. Er schien alles zu wissen – oder nicht? „Geht jetzt", sagte er, „geht! Ich will nachdenken, ich komme dann zu dir, Martha."

Die Leute gingen. Sie sprachen leise miteinander. Sie hatten die Köpfe gesenkt. Jeder von ihnen war betroffen.

Nur Titin ging nicht.

Er stand vor dem Frühstückstisch, sah mit einem festen, entschiedenen Blick auf Wander und sagte: „Es ist mein Kind. Rosalin ist mein Kind. Ich habe ihr auf die Welt geholfen. Niemand – und sei es die Regierung – wird mir meine Rosalin nehmen. Sie bleibt bei mir. – Oder ich nehme sie allen weg und gehe – gehe weit, weit weg!", drehte sich um und lief mit seinen eigenartigen Sprüngen zu den anderen.

Sonja und Josef Wander saßen schweigend am Tisch.

Beide waren erschrocken und in Gedanken versunken, diese Gedanken schienen alle Probleme zu erfassen.

„Damals, als Titin zu uns kam, ein Neugeborenes uns übergeben, damit wir uns seiner annehmen, unsere liebe Martha war so glücklich, als sie das Baby fand", sagte Josef Wander, „damals hatte der alten Saratini die Vormundschaft übernommen. Marthas Mann war schon ein halbes Jahr unter der Erde, trotzdem hatte man ihr die Schwangerschaft geglaubt, Martha hatte es allen so überzeugend erklärt, sie hat ihren Titin festgehalten, sie hätte ihn nicht mehr hergegeben. Gesehen hatte niemand, dass sie ein Kind erwartete, aber verneinen konnte man es auch nicht. Sie war ja auch nicht mehr in die Kuppel gestiegen. Sie hing nicht mehr am Trapez, sie weigerte sich, mit einem anderen Partner zu arbeiten. Wir hatten sie damals nicht weggelassen. Nun ist sie schon so lange die Mutter unseres Zirkus.

Ich gehe zu Martha."

Er ging zu ihrem Wagen. Schon von weitem hörte er ein feines Babygeschrei. Er lächelte vor sich hin und dachte: „Welch ein schöner Junitag, ein neues Menschlein hier bei uns. Ist es nicht ein gutes Zeichen für die Zukunft?"

Er klopfte leise an. Titin, Martha und Dunja waren im Wagen. In Marthas Bett lag mit blassem Gesicht das fremde Kind, das ein Kind zur Welt gebracht hatte.

„Ich grüße Sie, kleine Mutti und möchte mit vielen Glückwünschen auch Ihre kleine Tochter begrüßen. Es spricht sich herum, Sie haben uns reich gemacht."

Juliane verstand nicht, was er meinte.

Dunja hatte das Baby auf dem Arm und versuchte, es mit der Flasche zu füttern.

Ganz leise sagte sie: „Schaut, mein kleiner Liebling trinkt!"

Es schoss Wander wie ein Blitz durch den Kopf.

Dunja hatte gesagt „mein kleiner Liebling".

Der Ausdruck ‚mein‘ war die Lösung.

„Ich komme gleich wieder." Mit diesen Worten verschwand Wander aus dem Wagen.

Er lief – nein, er rannte zu Dunjas Mann, Viktor Bossic.

„Viktor! Viktor, komm, du kannst das Problem lösen, du, nur du!" Viktor sah den Direktor verwundert an. „Muss ich in einer Vertretung arbeiten, muss ich für einen einspringen?"

„Ja", antwortete Wander, „ja, genau das. Aber es ist eine so große Aufgabe, die nur einer, der wirklich ein herzensguter Mensch ist, lösen kann. Pass auf!"

Wander erzählte von dem kleinen Mädchen und seiner so jungen Mutter, von Titin und seiner Vaterstelle.

Die beiden Männer saßen lange schweigend nebeneinander.

Plötzlich hörten sie einen schrecklichen Schrei.
Sie rannten in das Zirkuszelt, aus dem das Schreien kam.

Sie trauten ihren Augen nicht. Hoch oben in der Kuppel am
Trapez hing Titin. Er hielt sich nur mit dem angewinkelten
Knie an dem Holm und baumelte mit Körper und Armen nach
unten. Er sah Wander und Bossic kommen und schrie: „Wenn
ihr mir Rosalin nehmt, sagt es nur gleich, dann lasse ich los!"

Bossic rief laut: „Wir haben eine Lösung, komm herunter, es
wird gut, – eine Lösung!"
Die beiden Männer waren nicht mehr alleine im Zelt. Andere
Zirkusleute waren dazugekommen. Zwei von ihnen breiteten
in aller Eile ein Sprungtuch aus, sofort griffen einige zu und
spannten das Tuch.
Noch einmal schrie Titin mit seiner hellen Stimme: „Versprecht
es mir, Rosalin ist mein Kind!"
Es war nicht eine Antwort, es waren alle Stimmen, die das ‚Ja'
riefen. Und es waren alle Zirkusmitglieder, die aufatmeten, als
Titin wieder am Boden war, der nun direkt auf Viktor Bossic
zuschritt.
„Sag es!", war sein Befehl.
Viktor bückte sich zu Titin und sagte fast flüsternd: „Dunja hat
das kleine Mädchen geboren. Es wird in meiner Familie angemeldet, – aber erst wenn wir morgen nach Bremen gehen, es
wird dort angemeldet. Du kannst dann sein Vater bleiben und
dich kümmern. So hat alles Recht und Ordnung."

„Oh – oh – oh – toll – einmalig – bewundernswert – eine
Lösung – einfach toll, die Idee!" Ein Raunen, ein Flüstern,
leise, – ganz leise sprach jeder zu jedem.
Alle hatten es gehört, alle schienen das Geheimnis zu verstehen,
es zu werten und – zu schweigen.

Titin sprang in der Manege herum, lachte, jubelte und verschwand.

KAPITEL 2

Studienrat Dr. Hans Schwert kam aus dem Gymnasium. Der Mittagstisch war gedeckt. Seine Frau Gisela stand in der Küche. Der neunzehnjährige Sohn Gerhard wartete schon. Er hatte Hunger, war er doch bereits seit dem frühen Morgen für eine Zeitung tätig, bei der er ein Praktikum absolvierte. Unmittelbar nach den Abiturarbeiten hatte er begonnen, kleine journalistische Arbeiten zu übernehmen. In der Mittagspause konnte er zu Hause sein, es waren nur zehn Wegminuten. „Wo bleibt nur Juliane?", fragte Gerhard seinen Vater, „ich sah ihre Mitschüler schon vor einer Stunde vorbeigehen." Verwundert rief Hans Schwert in die Küche: „Warum ist Juliane noch nicht da?" Seine Frau wusste nicht, wo die Tochter blieb.

„Wir essen", sagte das Oberhaupt der Familie. „Hier ist kein Hotelbetrieb. Dann muss das Fräulein eben sehen, wo es bleibt." Es war eine stille Mahlzeit.
Es wurde auch ein stiller Nachmittag.
Doch Gisela Schwert wurde immer unruhiger. Sie regte sich schrecklich auf: „Wo kann Juliane nur sein? Sie hat immer Bescheid gesagt, wenn sie wegbleibt. Mein Gott, es wird ihr doch nichts passiert sein!"
„Ich rufe ihre Freundinnen an", entschloss sich der Vater, „es ist nicht normal. Was denkt sich die Dame?"
Das verzweifelte Telefonieren begann. Niemand hatte Juliane nach der Schule gesehen. „Bitte, rufe die Polizei an", bat Frau Schwert ihren Mann mit Nachdruck. „Ja, es ist jetzt neunzehn Uhr. Es wird mir auch langsam unheimlich", antwortete er.

Nein, bei der Polizei konnte man keine Auskunft geben, bat aber um eine genaue Personenbeschreibung.

„Wir warten noch bis zwanzig Uhr", sagte der Beamte, nachdem er die Beschreibung notiert hatte. „Manche jungen Leute vergessen Ort und Zeit, wenn ihnen etwas anderes in den Sinn kommt. Vielleicht ist Ihre Tochter ja mit einer Freundin bummeln oder ins Kino gegangen. Solche plötzlichen, ungewohnten Entscheidungen bringen manche Familie in Sorge. Man ist überrascht, wenn man merkt, dass die Kinder auf einmal die Familienvorschriften nicht beachten. Die Gören kommen dann ganz unschuldig mit lapidaren Ausreden nach Hause. Aber bitte melden Sie sich, wenn die Tochter wieder daheim ist, ansonsten fragen wir noch einmal nach und leiten dann eine Fahndung ein." Gegen zwanzig Uhr rief die Polizei an. Der Beamte erklärte sich mit einer Suchmeldung über das Radio einverstanden und wollte die Streifenwagenbesatzungen zur Aufmerksamkeit anweisen.

Die Nacht kam, aber die Tochter kam nicht.

Gisela und Hans Schwert saßen im Wohnzimmer zusammen, lange hatten sie hier nicht gemeinsam gesessen. Sie sprachen nur wenige Sätze.

Ihr Sohn Gerhard war mit dem Rad losgefahren. Er kam gegen Mitternacht ganz unglücklich nach Hause.

Mit der unter den Geschwistern üblichen Anredeform sagte Gerhard: „Ich rufe noch ‚Bruder Klaus-Dieter' an. Er kann zwar nichts machen, denn in Göttingen wird Juliane ja nicht sein, aber er weiß dann wenigstens Bescheid."

Dann ging er in sein Zimmer, um von dort aus zu telefonieren. Er wollte die Eltern nicht noch mehr aufregen.

„Vielleicht ist Juliane doch weggelaufen. Ihr Zeugnis wird nicht gut ausfallen, sie war immer so unglücklich. Nach der Kur hatte sie endlich etwas zugenommen. Die Magersucht schien überwunden, aber nicht ihre Depressionen", flüsterte Gisela leise, als könnten laute Worte eine böse Reaktion ihres Mannes auslösen.

„Davon weiß ich ja gar nichts! Warum hat sie mir denn das nicht gesagt, dass sie schlechte Noten bekommen wird. Sie ist faul. Sie hat tausend Dinge im Kopf, nur nicht das Lernen.

Na, lass sie mal nach Hause kommen, der werde ich den Kopf zurechtrücken", entgegnete Hans seiner Frau.

Da begann Gisela erst ganz leise, dann immer aufgeregter und heftiger zu reden: „Du hast das Kind mit deiner ewigen Leistungsüberforderung gequält. Hast du es nie bemerkt? Juliane hat ja richtig Angst vor dir, sie duckt sich vor dir! Sie tut es genauso wie ich."
Hans starrte vor sich hin, es schien, als höre er gar nicht zu.
„Hörst du überhaupt, was ich sage?", fragte Gisela und sprach weiter: „Damals, als du mir sagtest, du liebtest mich, du wolltest mich heiraten, da war ich so glücklich. Ich konnte nicht ahnen, welch ein Leben mich erwartet.
Ich war einst ein fröhliches, junges Mädchen. Ich liebte meinen Beruf, wenn es auch nur die Rechnungsprüfung in einem Schwermaschinenbau war, aber ich war anerkannt, hatte Erfolg.
Als wir heiraten, war ich so glücklich. Endlich gehörte jemand zu mir. Vater war so früh im Krieg gefallen. Ich kannte ihn gar nicht. Wie oft habe ich mir einen Vater gewünscht!
Meine Mutter wurde krank, als ich gerade achtzehn war. Ich hatte dich das erste Mal getroffen. Als Mutti starb, warst nur du noch für mich da. Vielleicht war es nicht richtig, dass ich so sehr an dir hing. Es war mein Alleinsein.
Später war ich nur noch Hausfrau, Dienerin für dich. Für meine Kinder war ich es gerne, weil es meine Aufgabe war. Aber du hast nie bemerkt, wie sehr ich um Anerkennung bei dir rang. Deine Kollegen mit ihren studierten Frauen waren dir wichtig. In diesen Kreisen hast du dich immer wohl gefühlt. Ich mochte zuletzt nicht mehr mit dir zu den Einladungen gehen. Ich stand nur an der Seite, gelacht hast du mit anderen. Vielleicht waren auch meine selbst genähten Kleider nicht passend, vielleicht war ich auch nicht interessant genug. Ich mochte das Flirten mit anderen Männern nicht, wie es die ‚hochwohlgeborenen' Damen taten.
Wenn du nur einmal etwas Nettes zu mir gesagt, mich einmal nur beachtet hättest, dass auch mein Kleid schön sei, – einmal nur gesagt hättest, ich sähe hübsch aus – einmal, nur einmal!"
Und fast wie zu sich selbst sprach sie weiter:
„Und nur einmal eine Reise, eine nach Frankreich, nach Paris, nach London oder nach Griechenland, an den Rhein oder in die Berge. Wie gerne wäre ich auch mal verreist! Dort warst du

überall mit deinen Schülern oder mit deinen Kollegen.

Du hast nie bemerkt, wie viel Sehnsucht ich hatte, auch mithalten zu können, aber für mich gab es nur das Haus. Ich liebe ja das Haus, den Garten, es ist ja wunderschön hier, aber..."

Sie konnte nicht mehr weiterreden, Tränen erstickten ihre Stimme. Die Aufregung, das Warten hatten allen Kummer aus ihr herausgeschrien. Sie fühlte sich wie von sich selbst verraten.

Eine lange Pause entstand.

Das Gesicht ihres Mannes war erstarrt. Seine Augen wurden glasig, die Lippen hielt er zusammengekniffen, als wollte er sich selbst verbieten zu antworten. Er ging zur Vitrine, nahm Cognacgläser heraus, goss langsam einen Asbach hinein, reichte ein Glas seiner Frau und trank mit ganz kleinem, zögerlichen Schluck das scharfe Getränk. Nachdenklich schaute er ins Glas und sprach noch immer nicht.

„Wäre ich mein Bruder", dachte er, „mein Bruder Joachim. Er ist nur zwei Jahre jünger, aber er hat so ein frohes Temperament, kann immer lachen, – lacht selbst, wenn ihm mal ein Versuch in der Physikstunde missglückt, dass die ganze Klasse in ein Spottgelächter ausbricht. Er kann da sogar mitlachen! Er kann über falsche Lösungen in Mathe-Arbeiten der Schüler lachen, über Lösungen mit irrsinnigen Ergebnissen, über Aufgaben, die von kleinen Kindern zu rechnen und fast zu erraten wären. Schlank und rank, sportlich, für alles interessiert, fährt noch jetzt Radrennen, Motorradrennen und all solchen Unsinn. Seine Schüler lieben ihn, er muss keinerlei Mühe einsetzen, sie zu interessieren. Er ist ein ‚Schülerfänger', er schafft es, den Dümmsten für Mathematik zu begeistern. Schon als wir Kinder waren, glaubte man nicht, dass wir Brüder seien, ich mit meinem blonden Haar, er ein brünetter Typ mit dunklen Haaren. Er ist ein Reisevogel, ein richtiger Herumtreiber. Jede Sensation will er miterleben. Ich bin das nicht. Wäre ich doch ein wenig davon. Warum fällt es mir so schwer. Warum kann ich nicht er sein. Es kann ganz einfach keiner aus seiner Haut heraus.

Ich bin wie Vater. Aber Vater soll als junger Mensch auch nicht so ernst gewesen sein. Die Kriegserlebnisse, die Vertreibung aus Schlesien, aus seinem geliebten Breslau und die vielen verwundeten und sterbenden jungen Menschen im Militärhospital hatten ihn so verändert.

1940, als ich geboren wurde, war Krieg. Hitlers Feldzug nach Polen hatte im September 1939 begonnen. Vater war noch Arzt in der Kinderklinik in Breslau. Kurz nach Joachims Geburt 1942 wurde er als Militärarzt abberufen.

Mutter bekam wenig Post. Im Winter 1943 erhielt sie den letzten Brief aus der Ukraine. Vater arbeitete als Arzt in einem ukrainischen Lazarett. Er war bereits Gefangener der Sowjets. Durch einen Jugendfreund, der in den zwanziger Jahren Russland mit seinen Eltern verlassen hatte, konnte er etwas russisch sprechen. Später machte es ihm Freude, über die griechische Schrift auch die russische zu lernen. Bei seiner Gefangennahme hatte Vater einem sowjetischen Offizier, der ebenfalls Mediziner war, bei einer schweren Verwundung ärztliche Hilfe geleistet und dessen Leben gerettet. Er konnte auf russisch erklären, dass er Arzt sei. Das bewahrte ihn nun vor dem Transport in sibirische Lager. Jener sowjetische Arzt hatte um seine Mithilfe im Lazarett gebeten. Vater machte keinen Unterschied zwischen Freund und Feind. Er half Kranken und Verwundeten, wie er später erklärte. Das rettete ihm das Leben. Wir sahen ihn erst 1947 wieder.

Mutter gab sich viel Mühe, uns glücklich zu machen in der schweren Kriegszeit. Mein Bruder war noch zu klein, aber ich erinnere mich noch an den Zoologischen Garten in Breslau, an die Straßenbahn, an die Oderbrücke; ach, an so viele Dinge: die Jahrhunderthalle, das Rathaus am Ring; aber auch an den kalten Januar 1945 – an die Flucht.

Mutter packte den Kinderwagen voll, obenauf Joachim. Dann schleppte sie zwei große Koffer, ich einen kleinen. Es war eiskalt. Die Züge waren überfüllt mit Flüchtlingen. Doch wir hatten Glück im Unglück, wir bekamen einen Zug in Richtung Westen. Wir wollten bis nach Hamburg, eine Tante lebte hier noch. Im Zug schenkte mir eine Frau einen schrumpligen Apfel. Mutter, Joachim und ich bissen abwechselnd hinein. Wir kauten solange, bis nur noch Apfelsaft im Mund war, um recht lange den wunderbaren Geschmack zu haben. Ich war ja erst fünf Jahre alt, aber ich erinnere mich genau."

Hans Schwert saß noch immer gedankenvertieft mit unbeweglicher Mine da. Die Bilder längst vergangener Zeiten liefen wie ein Film in seinem Gedächtnis ab: „Vater war über Friedland gekommen. Mutter hatte einen Vermisstenantrag an das Deutsche Rote Kreuz gestellt. Das war eine gute Idee. Vater fand uns. Er kam nach Hause – in seine Familie zurück, in ein neues, bescheidenes Zuhause in einer andern Stadt. Breslau gab es für uns Schlesier nicht mehr."

Im Erinnern sah Hans die Ruinen Hamburgs wieder, Menschen, die in irgendwelchen Kellern oder zertrümmerten Häusern notdürftig untergekrochen waren. Damals ging es ihnen noch gut, gegen all die Armut, die rundherum herrschte. Das Haus der Tante war von Bomben verschont geblieben.

Noch immer saß Hans – versunken in Gedanken – starr da.
Dann schaute er zu seiner Frau und sagte ganz leise: „Gerade vor einigen Tagen hat Kollege Paul – du weißt, Sport und Deutsch – zu mir gesagt, er beneide mich, er wünschte sich auch so eine Frau, wie du es bist. Seine Hilde sei wirklich eine ‚Wilde'. Sie wäre gar keine Hausfrau, die Haushaltshilfen liefen ihnen ständig weg, sie sei zu ihnen unfreundlich und hochnäsig. Sie koche so schlecht, dass er lieber teuer essen ginge. Ach, es sei ganz einfach ein Durcheinander im Haus. Die Kinder hätten gar kein Vorbild.
Paul meinte, er bewundere deinen Fleiß, deine Nähkunst, deine Kocherei, den gepflegten Garten und vor allem deine stille Freundlichkeit. In unserem Haus regierte ganz einfach ein Engel, so sagte Paul es."

Gisela konnte nicht glauben, was sie hörte. Nun weinte sie laut und hemmungslos.
Hans goss noch einen Cognac ein. Sie wurde wieder ruhig.
Lange hatten sie nebeneinander gesessen.
Die Nacht verging schlaflos.

Es klingelte an der Tür. Es war ein Polizeibeamter. „Haben Sie schon etwas von Ihrer Tochter gehört?", fragte er.
„Nein, wir warteten, wir sind gar nicht schlafen gegangen."
Der Polizist nickte. Er bat um ein Foto.
„Kommen Sie doch bitte herein", forderte Hans Schwert auf. Er schlug ein Fotoalbum auf und ließ den Beamten wählen.
„Was wird nun geschehen? Werden Sie noch einmal eine Suchmeldung durchs Radio geben, vielleicht mit dem Bild übers

Fernsehen? Ich gebe Ihnen hiermit die Erlaubnis, wenn das rechtlich nötig ist.

Bitte, tun sie alles. Wir haben große Sorge, dem Kind ist etwas zugestoßen. Wir werden hier zu Hause sein, ich kann nach dieser Aufregung ohnehin nicht in die Schule gehen, muss mich da gleich abmelden."

Der Beamte ging.

Hans schaltete das Radio ein. Gegen zehn Uhr wurde wieder die Suchmeldung durchgegeben.

Nachbarn klingelten, wollten helfen. Ein ganzer Autokonvoi schwärmte aus. Die Schüler des Gymnasiums wurden befragt und um Mithilfe gebeten. Einige Klassen wollten nachmittags gemeinsam die Stadt und Umgebung mit dem Rad abfahren.

Der Tag verging ohne ein Zeichen von Juliane.

Dr. Hans Schwert machte sich große Vorwürfe. „War ich wirklich immer zu streng, war ich zu hart? Aber die Kinder sollten doch für ihre Zukunft lernen, für sich strebsam sein, es war doch für sie selbst. War Juliane überfordert? Sie hatte doch mitgehalten, bis – ja, bis das mit der Magersucht begann. Ich hätte es nicht für eine Mädchenlaune halten dürfen. Ich hätte aufmerksamer sein sollen, hätte mehr auf sie eingehen müssen. Mein Gott, warum?"

Die nächste Nacht kam – kein Zeichen von Juliane.

KAPITEL 3

In der Praxis des Mediziners Dr. Schulte klingelte das Telefon. Eine ruhige Männerstimme bat um den Besuch bei einer jungen Frau im Zirkus. Die Sprechstundengehilfin notierte, fragte nach Dringlichkeit und versprach das Kommen des Arztes um siebzehn Uhr.

Die Kinder auf dem Zirkusplatz wurden angewiesen, auf den Arztwagen am Festplatzeingang zu warten und zu dem Wohnwagen von Martha zu leiten.

Paulchen, der Sohn eines Artistenpaares, hatte die Suchmeldung im Radio gehört. Er sagte zu seinem Freund Timo: „Du, das Mädel, von der wir die Schultasche haben, das Mädel suchen die. Ich habe den Namen auf ihren Heften gelesen. Komm, wir bringen ihr die Schultasche."
Timo antwortete: „Wir müssen doch aufpassen."
„Na klar, machen wir doch, aber erst am Nachmittag um fünfe!", war die Antwort.
Die Jungs kramten Julianes Schultasche unter dem Wohnwagen hervor und gingen zu Marthas Wagen.
Sie klopften, aber sie sollten still sein, sie sollten weggehen.

„Die Erwachsenen sind kompliziert. Da will man ihnen etwas Gutes tun, und sie wollen es nicht. Stellen wir doch einfach die Mappe auf die Treppe, dann müssen sie eben darüber stolpern!", sagte Paulchen. Sie trotteten davon.

Um fünf Uhr fingen sie den Arzt ab. Sie zeigten ihm den

Wohnwagen von Martha. Als der Arzt die Tür öffnete, verschlug es ihm fast die Sprache. Juliane, die Tochter seines Freundes Dr. Hans Schwert, lag im Bett und neben ihr ein Baby. Martha war da. Titin half draußen bei den ersten Abbauarbeiten. Heute war nur noch eine Vorstellung.

Dr. Schulte sagte mit väterlich zärtlicher Stimme: „Meine kleine Juliane, wir machen uns alle solche Sorgen, aber ich stelle jetzt keine Fragen." Er sah die tränengefüllten Augen des Mädchens. „Zuerst will ich dich untersuchen. Das also ist der Grund. Wie war die Geburt? Normal? Hat dir diese liebe Frau geholfen?" „Oh, Onkel Kurt, es ist alles so furchtbar!" Juliane weinte hemmungslos. „Onkel Kurt, was soll nun werden, Vater erschlägt mich. Du musst mir helfen. Ich habe so eine Angst!"
Juliane vertraute dem Freund ihres Vaters. Sie hatte Martha seine Adresse genannt, weil sie einsah, dass sie einen Arzt brauchte. Erst hatte sie gezögert, dann erinnerte sie sich, wie lieb Schultes immer zu ihr waren. Die Frau von Dr. Kurt Schulte, Hanna, war ihre Patentante. Sie hatten keine Kinder. Darunter litten beide sehr. Juliane hatte einmal mitgehört, wie Dr. Schulte zu ihrem Vater sagte, welchen Kummer die Kinderlosigkeit ihm und seiner Frau bereitete.
Doch mit ihren Sorgen zu ihrer Patentante zu gehen, dazu konnte sich Juliane nicht überwinden.
„Ach, Onkel Kurt, ich wollte ja in den Fluss gehen, sollte mich das Wasser doch wegreißen, ich wollte ja nicht mehr leben.
Das Kind sollte leben, – aber da war der Clown Titin, und alles kam anders." Das Mädchen schluchzte so bitterlich. Dr. Schulte saß auf dem Bettrand und hielt Julianes Hand. So saß er lange und wartete. Es tat Juliane gut, und sie beruhigte sich.

Dann erzählte Martha alles, erzählte von Titin und seinem Schicksal, erzählte von der großen Familie im Zirkus und gab zuletzt die geplante Lösung bekannt.

Dr. Schulte hatte unterdessen auch das Baby untersucht. Alles war gut. „Nur eines ist nicht gut", dachte er. „Wie kann ich meinem Freund die Sache erklären. Der kann doch kein Unmensch sein. Oder doch? Übersteigt dies alles sein Verständnis? Der ist ja ein strenger Bruder, immer diese verdammte Ehre als höchstes Ziel."

Da wurde die Tür aufgestoßen und Titin sprang herein, riss das Baby aus dem Bett, griff nach der Decke auf dem Sofa und verschwand mit Rosalin, schnell – wie er gekommen war.
Verwundert und nachdenklich sah es Dr. Schulte. Aber er ließ es geschehen.

„Juliane, ich fahre jetzt zu deinem Vater. Ich werde ihm sagen, dass man dich mit einem Nervenzusammenbruch gefunden hat, dass du die nächsten Wochen in einem Sanatorium verbringen musst, getrennt von aller Aufregung und auch von deinen Eltern. Wäre das eine Lösung? Wenn es dunkel ist, hole ich dich ab. Bis dahin denke nach, vielleicht sind die Menschen hier wirklich die besten Pflegeeltern für dieses kleine Mädchen. Ich mag gar nicht daran denken, dem selbst vom Schicksal benachteiligten Titin den Traum zu nehmen. Ich weiß, wie der Kinderwunsch belastet, ja ein ganzes Leben ist davon bestimmt. Dieser kleine Mann würde alles für ein Kind tun, es liebevoll und behütet aufwachsen lassen. So ein Kind braucht in den ersten Jahren nichts mehr als Liebe. Hier scheint sie zu wohnen. Ich helfe dir, immer wieder dein Kind sehen zu können. Das verspreche ich dir. Aber jetzt muss ich erst zu deinen Eltern. Die kommen um vor Sorge!"
Er drückte Martha die Hand, ganz lange – und sah sie an. Dieser Händedruck sprach alles, was er nicht mit Worten sagte. Er versuchte zu lächeln, aber in seinen Augen glänzten Tränen. Dann beugte er sich zu Juliane: „Du kannst dich auf mich verlassen." Er streichelte ihr über die Wangen und ging.

Sein Weg führte direkt an die Elbe zu dem großen Haus der Schwerts. Er klingelte. Unmittelbar wurde die Tür geöffnet. Dr. Schulte grüßte mit Kopfnicken und wurde ins Wohnzimmer geführt. Man sah ihn erwartungsvoll aber schweigend an. Er begann zu reden: „Meine Freunde, Juliane ist da. Ich war bei ihr. Sie ist von einer lieben Frau in einem kläglichen Zustand gefunden worden. Ich fürchte, ihre große Angst hat einen schweren Rückfall in die Depressionen ausgelöst. Ich bin entschlossen, sie in ein Sanatorium zu bringen, hierher kann sie voreist nicht. Sie hat Suizidgedanken geäußert. Bitte gebt mir die Vollmacht. Das Leben eurer Tochter ist mir wichtig. Juliane ist in ganz großer Gefahr."
Gisela lief laut weinend aus dem Zimmer. Hans hielt die Hände

vor sein Gesicht und sagte immer wieder: „Oh, mein Gott, oh, mein Gott!"

„Ja, bete Hans. Aber ich habe keine Zeit. Gisela soll schnell einige Sachen zusammenpacken, ich komme dann morgen und hole weitere Kleidung. Aber jetzt bitte nur das Nötigste!"

Hans erledigte selbst den Auftrag seines Freundes. Seine Frau lag vollkommen verzweifelt auf dem Bett.

„Du musst die Polizei benachrichtigen." Kurt gab die kurze Anweisung. Er wollte schon gehen, als ihm einfiel, Gisela eine Beruhigungsspritze zu geben. „Ich schreibe dir noch ein Medikament zur Beruhigung auf, Gerhard kann es holen. Nehmt zum Schlafengehen jeder eine Tablette. Gisela braucht sie heute nicht, aber morgen, bitte eine Tablette gleich früh."

Mit dieser schnellen Handlung wollte Dr. Kurt Schulte den Besuch beenden. Aber sein Freund ließ ihn nicht gehen.

„Du, ich brauche auch eine Behandlung", sagte er. „Bleib noch etwas, wir können einen Cognac zusammen trinken und etwas reden, lass mich jetzt nicht alleine."

Kurt nickte. Er setzte sich, es wurde ein langes Gespräch, aber Kurt sagte kein Wort über den wahren Zustand von Juliane. Sein Freund Hans überließ ihm gerne jede Fürsorge für seine Tochter, musste er doch nun mit sich selbst ins Reine kommen. Die Geburt blieb ein Geheimnis.

Es war bereits dunkel geworden, als Dr. Schulte nach Hause kam. „Ich muss gleich noch einmal fort", war der Begrüßungssatz von ihm, seine Frau war verwundert. „Was gibt es denn so Wichtiges, ein Notfall?", fragte Hanna. „Du musst doch erst einmal Abendbrot essen", sie antwortete fast leise. Sie wusste, dass eigene Bedürfnisse oft keine Priorität hatten. Er ging kurz in sein Arbeitszimmer, kramte im Schreibtisch und kam unmittelbar darauf zurück und bat: „Ach, bitte, bezieh doch das Bett im Gästezimmer, du wirst eine schwere Aufgabe bekommen", und schon war er auf dem Weg zum Auto.

Wieder stand der dunkelblaue Mercedes vor dem Wohnwagen von Martha. Der Zirkusplatz war leer. Im Zelt lief die letzte Vorstellung. Langsam kam er mit Juliane und Martha aus der Tür. Sie mussten Juliane stützen, ihre Beine versagten.

„Ach", sagte Dr. Schulte und drehte sich zu Martha, „hier ist meine Karte. Bitte um ständige Information, wo Sie sich befinden. Und noch etwas."

Er nahm einen Umschlag aus seiner Tasche, reichte ihn Martha uns sagte: „Dies ist ein Unterhaltsbeitrag für das Baby. Sie haben mein Versprechen, ich helfe, die Lebenskosten des Kindes zu bestreiten. Vergessen Sie bitte nicht, immer ihre Adresse mitzuteilen, Juliane soll mit ihrem Kind Verbindung haben. Sie wird dadurch wieder gesunden."

Titin lief dem Auto nach. Der Arzt hielt.
Titin öffnete die Tür und umarmte Juliane. „Unsere Rosalin wird immer glücklich sein, immer, immer!" Mehr konnte er nicht sagen, löste seine Arme von ihr und trennte sich, blieb winkend hinter dem Auto zurück.

Als der Wagen in den Hof des Hauses Schulte einfuhr, stand Hanna Schulte vor der Haustür. Sie erschrak, stellte aber keine Frage. Liebevoll half sie dem Mädchen aus dem Auto, weil sie merkte, dass Juliane völlig erschöpft war. Sie brachte sie ins Wohnzimmer, führte sie zum Sofa und holte eine Decke.

Sie trug einen Teller mit kleinen Brothappen und Obst herein, den sie für ihren Mann vorbereitet hatte, und stelle ihn auf den Tisch. „Juliane, nimm etwas Brot, ich bringe dir auch gleich etwas zu trinken."
Sie ließ Juliane einen Augenblick alleine, und als sie wieder ins Zimmer kam, schlief das Mädchen.

Ihr Mann kam, setzte sich und gebot ihr, sich gegenüber zu setzen. Langsam und leise begann er zu sprechen: „Wir haben hier einen besonderen Problemfall, den wir mit aller Vorsicht angehen müssen. Es ist kompliziert, es hängt so viel von einer annehmbaren Lösung ab, ja, es sind sogar zwei Menschen, die gedroht haben, aus dem Leben zu gehen."
Hanna erschrak, unterbrach ihren Mann aber nicht.
Dr. Schulte sprach lange, sprach, als müsse er alles selbst verstehen, erzählte in allen Einzelheiten, wie er in den Zirkus gerufen wurde, was er dort erlebte und mit welchen Emotionen und Überlegungen er das Geschehene aufnahm.
Er berichtete von seinem Besuch bei der Familie Schwert, von der Niedergeschlagenheit der Freunde, die sich durch das Weg-

bleiben der Tochter große Sorgen machten. Er erzählte, dass sich Hans und Gisela mit seinem Vorschlag arrangierten, Juliane in eine Sanatorium zu geben und dass sie vorerst keine Verbindung zur Tochter aufnehmen sollten, um jede Aufregung von dem Mädchen fernzuhalten.

Dies waren aber nur Angaben für Julianes Eltern, denn Dr. Schulte erklärte seiner Frau sehr bestimmt, dass er auf keinen Fall Juliane jetzt alleine lassen könne und sich Gedanken gemacht habe, das Mädchen mit in den Urlaub zu nehmen, wenn sie, seine treue, liebe Partnerin, zustimme.

Seine Frau sagte noch immer kein Wort. Sie saß wie erstarrt, die Augen auf das schlafende Mädchen gerichtet, ihre Gedanken waren weiter gewandert in eine längst vergangene Zeit.

Damals, im Februar 1955, hatte man ihre Freundin tot aus der Spree geborgen. Man hatte eine Obduktion vorgenommen und festgestellt, dass sie ein Kind entbunden hatte. Das Kind fand man nicht. Zaghaft begann Hanna zu reden: „Du weißt, ich sprach oft davon, Mari war meine beste Schulfreundin. Wir wohnten damals noch in Ostberlin. Aber im März waren meine Eltern mit mir ‚nach dem Westen abgehauen‘, so sagte man es. Wir wohnten mit der Familie dann in Westberlin, mussten ganz neu anfangen – mit Kisten und Kartons. Mitnehmen konnte man nichts. Die ‚Flucht nach dem Westen‘ war ja illegal. Ich war so traurig, so unglücklich, dass Mari nicht mehr lebte. Sie hatte mir gesagt, dass sie ein Baby erwarte. Es wäre doch alles gegangen. Wir hatten Pläne gemacht. Ich wollte ihr helfen. Ihr Freund wollte sie nicht mehr sehen, als er erfuhr, dass sie schwanger sei, denn ihr Bruder war kleinwüchsig. Wie gemein er ihr das damals sagte. Das hatte ihr den Lebensmut genommen. Wie oft habe ich mir Vorwürfe gemacht, dass ich nicht zu ihr zog, ich hatte nicht bemerkt, wie groß ihr Kummer war. In der DDR hätte sie so viel Hilfe gehabt. Sie hätte weiter lernen können. Das Kind wäre in eine Krippe gekommen. Natürlich, wir waren noch so jung. Wir waren ja erst sechzehn Jahre alt. Wir hätten es geschafft, wir hätten zusammenhalten müssen. Ich habe mir so viele Vorwürfe gemacht. Ich werde es mir nie verzeihen!

Aber selbstverständlich bin ich für mein Patenkind Juliane da. Es wird wunderschön, sie im Urlaub als Begleiterin zu haben, ach nein, besser gesagt als Tochter!"

Hanna verstummte, denn plötzlich machte Juliane die Augen auf, setzte sich hin und lächelte.

„Tante Hanna, ich war eingeschlafen, darf ich jetzt von den Schnittchen nehmen? Ich habe ganz großen Hunger."

Unbeschwert aß Juliane, Hanna sah es gerne. „Du bleibst erst einmal bei uns. Kurt hat schon deine Eltern besucht, hat ein paar Sachen mitgebracht. Sie glauben, wie Kurt es ihnen sagte, du hättest einen Nervenzusammenbruch und kämest in ein Sanatorium. Du darfst jetzt also ganz ruhig werden. Ich möchte auch nicht über dein Erlebnis sprechen, Onkel Kurt hat mir alles erzählt. Erst einmal kannst du ganz sorgenlos sein. Ich glaube, du hast einen Schutzengel, einen, der auch dein Kindchen behütet. Wir sind nun deine Verschworenen. Wir werden alles für uns behalten und immer einen Weg finden, dass du nicht traurig sein musst."

„Danke, Tante Hanna, danke Onkel Kurt!" – Juliane sagte es aus dem Herzen.

Erst einmal ging sie schlafen, das Zimmer war groß und wohnlich. Sie freute sich darüber.

„Warum fragt das Kind so wenig nach dem Baby?", flüsterte Hanna ihren Mann leise zu, als sei der Gedanke nicht erlaubt. „Glaub mir, sie fragt innerlich, aber sie hat vielleicht noch nicht diese tiefen Muttergefühle entwickelt. Diesmal wäre es ja fast ein Glück, ein Schutz vor zu viel Trennungskummer. Die Ausweglosigkeit ihrer Situation, die monatelange innere Einsamkeit, der viel zu große Sorgenberg für so ein Kind, all das sind Faktoren, die ihr diese Distanz – und es ist gut so – jetzt geben. Wir behalten Juliane erst einmal bei uns, schließlich ist sie eine Wöchnerin. In vierzehn Tagen beginnt ohnehin unser Urlaub. Es freut mich, dass du keine Einwände hast, sie mitzunehmen, dass du so herzlich empfindest. Sie wird Ablenkung gut gebrauchen. Paris im Sommer, eine Stadt voller Leben, voller interessanter Dinge! Wir werden ihr hübsche Kleider kaufen, eine kleine Dame aus ihr machen. Es wird sehr schön. Dann kannst auch du mal so richtig eine liebevolle Patentante sein." Hanna lächelte. „Gut", dachte sie, „gut so, dann können wir ihr vielleicht helfen, das Leben von einer neuen Warte aus zu betrachten. Nun ist sie erwachsen, ein gar so harter Stoß in das Erwachsensein."

Hanna dachte lange an das Baby, das nun getrennt von seiner Mutter in einer ihr fremden Welt aufwachsen würde.

Sie gingen schlafen. Ein neuer Tag würde neue Kraft bringen zu neuen Aufgaben, zu neuen Verpflichtungen.

Im Traum kam ihre längst verstorbene Freundin Mari zu ihr. Sie stand am Bett und sah sie mit großen Augen an. Sie zeigte zum Bücherschrank und wollte etwas erklären. Hanna wachte auf. Ihr Herz klopfte. Sie stand auf, ging in die Küche, machte sich heiße Milch und setzte sich ins Wohnzimmer. Sie schaltete den Fernsehapparat ein, sah auf die Bilder, war mit ihren Gedanken aber weit weg. So saß sie fast zwei Stunden, bis der Schlaf sie übermannte.

Ihr Mann fand sie am Morgen schlafend auf dem Sofa.

Er gab ihr zärtlich einen Kuss auf die Stirn und sagte leise: „Jetzt wirst du doch noch als Mutter gebraucht, jetzt kannst du all deine aufgespeicherte Liebe einsetzen."

Hanna schlug die Augen auf, nickte und lächelte.

KAPITEL 4

Dr. Hans Schwert war beim Direktor des Gymnasiums gewesen, hatte seine Tochter entschuldigt und sollte noch ein Attest bringen. In der Pause, die gerade eingeläutet wurde, konnte er kurz den Klassenlehrer sprechen und war etwas beruhigt, als er hörte, Julianes Zensuren seien zwar sehr schlecht, aber die Versetzung sei nicht gefährdet.

Der Lehrer konnte sich auch nicht erklären, wie das früher immer interessierte Mädchen in ein so lethargisches Verhalten abgeglitten war.

Er versprach, die Aufgabenstellungen der einzelnen Fächer für die wenigen Wochen bis zu den Ferien zu notieren und dem Vater zukommen zu lassen.

Dr. Schwert ging beruhigt seinem eigenen Stundenplan nach. Auf seinen Freund Dr. Schulte konnte er sich verlassen. Mit seiner Tochter würde alles gut werden.

Als er mittags nach Hause kam, hatte seine Frau einen großen Koffer mit Julianes Sachen gepackt.

„Du musst den Koffer zu Kurt bringen." Mehr vermochte Gisela nicht zu sagen.

Hans nickte und setzte sich an den Tisch.

Das Telefon klingelte.

„Hallo, Hans, hier ist dein Bruder Joachim, was ist bei euch los, dein Sohn aus Göttingen hat mich angerufen."

Hans nahm sich Zeit und erklärte ihm das Wegbleiben seiner Tochter, ihren Zusammenbruch und die Anweisungen von Dr. Schulte. Nun kam ein Donnerwetter von Worten durch das Telefon: „Mensch, Hans, du hast die Zügel zu fest angezogen, die Bengel haben das vertragen, aber ein kleines Mädchen! Meine Anja, sie ist ja schon siebzehn, sie würde ganz schön Terror hier veranstalten, wenn ich sie so hart rannehmen würde. Aber jetzt mal eine ganz andere Sache. Was macht ihr in den Ferien? Kommt doch mit in den Schwarzwald. Wir fahren ins Blaue, halten dort, wo es uns gefällt, studieren die ‚Futterangebote‘, essen das, wonach uns gelüstet und halten es auch mit dem Trinken so! Also, Ablenkung, neue Eindrücke, wandern, schwimmen, vielleicht auch kuren? Na, zugesagt?" Joachim hatte sich mit „...bis morgen" verabschiedet.

Dann war der Telefonhörer aufgelegt.

„Typisch Joachim", dachte Hans, aber die Urlaubsidee nahm seine Gedanken gefangen. Bevor Hans auch nur einen Löffel von der Suppe aus frischem Gemüse gekostet hatte, erzählte er seiner Frau von Joachims Vorschlag.

Giselas Augen glänzten, diesmal drückten sie aber Freude aus. Sie konnte kaum sprechen, sie verschluckte sich und sagte begeistert: „Machen wir das doch. Joachim und Angelika sind immer so fröhlich, sie lachen den ganzen Tag, sie sind so unternehmungslustig! Ach, bitte sage gleich zu, warte nicht, nein, – erst einmal essen wir."

Gisela lächelte immer wieder vor sich hin, bis Hans fragte: „Was denkst du denn die ganze Zeit, dein Gesicht ist so entspannt."

„Die Suppe schmeckt mir; der Gedanke, Ferien zu machen, schmeckt mir noch viel mehr! Ich kann gar nicht alle meine schönen Vorstellungen unterkriegen. Vielleicht kann ich auch mal in ein Thermalbad oder eine Rückenschule mitmachen, davon reden jetzt doch alle. Ich gehe gleich morgen ins Reisebüro und frage nach Prospekten."

Hans schüttelte mit dem Kopf, gerade war das Haus noch voller Kummer und jetzt voller Freude und Planung.

„Ja, mein Herz", und Gisela schaute verwundert zu ihm, eine Ewigkeit hatte er sie nicht so angeredet, „ja", sagte er noch einmal, „wir fahren mit in den Schwarzwald."

Kaum war die Freude auf eine Reise glücklich von Gisela Schwert aufgenommen, überfielen sie Zweifel, einfach so fortzufahren und Juliane erkrankt in einem Sanatorium zurückzulassen. Doch wie hatte Kurt gesagt, sie sollten vorerst keine

Verbindung haben. Und doch... plötzlich waren diese schrecklichen, übergroßen, nicht zu bewältigenden Sorgen wieder da. Gisela versuchte, es sich nicht anmerken zu lassen. Aber ständig waren ihre Gedanken bei ihrer Tochter.

Von Kurt und Hanna kam eine Karte aus Paris. Er schrieb, er habe mit dem Sanatoriumsarzt telefoniert. Julianes Zustand habe sich so verbessert, dass eine medikamentöse Behandlung nicht nötig sei, sie aber liebevoll von Fachkräften betreut würde. Gisela las die Karte wieder und wieder. Sie war Kurt sehr dankbar für diese gute Nachricht und betrachtete das Stadtbild von Paris mit der Sehnsucht nach dem eigenen Urlaub.

„Na, morgen fahren wir auch!", rief Gisela ihrem Mann zu. Die Koffer waren schon vorbereitet. Sie hatte sich ständig damit beschäftigt, welche Kleidung sie mitnehmen müsse.
Sie ging in Gedanken durch, was man unternehmen könne.
Da schneite Sabine, die Nachbarin, herein.
„Oh, Sabine, dich kann ich gerade gebrauchen! Du musst mir helfen. Was muss ich denn alles einpacken, stell dir vor, wir machen Urlaub! Morgen geht es los, wir fahren mit Joachim und Angelika in den Schwarzwald. Wir wollen auch so ein bisschen kuren."

Sabine Preußer war erstaunt. Die Schwerts waren doch die reinsten Urlaubsmuffel.
„Na denn", sagte sie, „also – wenn mein Rat gefragt ist: Vergiss die Badesachen nicht. Röcke brauchst du gar nicht einzustecken, vielleicht einen zum Tanztee. Ansonsten versorge dich lieber mit Hosen. Auf jeden Fall musst du ein Paar Sportschuhe haben. Der Schwarzwald lädt zum Wandern ein. Ein Anorak ist nötig und viel Geld!" Sie lachten über ihren Rat.

„Du hast nichts von Juliane erzählt, was ist denn nun, geht es ihr besser? Weißt du, sie hat nicht verkraftet, dass sie ihre Großeltern so plötzlich verloren hatte. Es war gar zu schrecklich damals mit dem Unfall. Für das Mädchen brach eine Welt zusammen. Ihre Omi war ihr Ein und Alles. Die hatte ja auch so viel Verständnis für ihre Enkelin.
Ich habe gerade heute noch gehört, wie eine Oma im Laden mit einem Kind sprach.

Die Opas und Omas nehmen ihre Enkel ganz einfach bedingungslos an. Sie erziehen nicht, sie meckern nicht, sie verlangen nicht, sie nehmen das Kind hin, wie es ist; sie sind so ein Neutralisator ins Leben hinein. Na, denk doch nur mal an das Gedicht von den Uhrenrädchen über Julianes Bett. Ihre Oma war ja direkt eine Dichterin."

„Willst du eine Kopie von dem Gedicht, ich habe im Schrank einige davon, wollte sie eigentlich mal Hans in die Schule mitgeben, aber der hat empört abgelehnt", entgegnete Gisela.

Sie ging zum Schrank und reichte Sabine ein Blatt. Sie las sogleich:

Das Uhrenrad

Einst sagt das kleine Uhrenrad:
ich hab das ew´ge Drehen satt.
Ich drehe mich tagaus, tagein
und bleibe dabei immer klein.

Drauf sagt das große Uhrenrad:
auch ich habe das Drehen satt.
Zwar bin ich von Statur recht groß,
doch trage ich das gleiche Los.

So muss es wohl immer gehen,
dass wir uns im Kreise drehen,
steht auch nur eines von uns still,
die Uhr nicht weitergehen will.

Bedenke mal: groß oder klein,
die Uhr kann ohne uns nicht sein.
Wir drehen uns bei Tag und Nacht,
da wird die Größe nicht bedacht.

„Siehst du, es hat Sinn. Juliane liebt das Gedicht. Es sagt ihr, dass sie auch als kleines Mädchen wichtig ist."

Gisela sah zu Sabine und nickte. Dann lenkte sie ab und nahm die Karte aus Paris von der Kredenz und sagte strahlend: „Lies mal, Sabine, unserer Tochter geht es wieder besser. Wäre die Karte nicht gekommen, ich hätte ja all die Sorgen mit in die Koffer gepackt."

Nun kam Gisela wieder zu ihren Organisationen zurück: „Sabine, Gerhard wird ja hier sein, aber könntest du vielleicht mal hin und wieder nach den Blumen sehen. Vielleicht denkt er nicht daran, er ist ganz mit seiner neuen Arbeit beschäftigt. Es wäre mir schon lieb. Ich gebe dir einen Schlüssel. Ich werde Gerhard natürlich ständig anrufen und fragen, ob wieder eine Nachricht von Juliane gekommen sei. Kurt Schulte ist auch nur noch eine Woche fort, dann erreiche ich ihn in seiner Praxis." Gisela hatte bereits über diese Möglichkeit nachgedacht.

Die Ferien waren gekommen – und mit ihnen der Abreisetag. Das Gepäck war im Auto verstaut. Jetzt hieß es für Gisela und Hans Schwert: einsteigen und hinaus aus dem Alltag, neuen Eindrücken und Erlebnissen entgegen!
Nach einigen Kilometern waren alle Aufregungen vergessen, alle Sorgen wandelten sich in eine entspannte Urlaubsvorfreude. An der Raststätte hinter Frankfurt trafen sie sich mit Joachim und Angelika.
Es war ein lustiges und freundliches „Hallo!".
„Jetzt fahren wir erst einmal nach Wildbad", bestimmte Joachim. Die Fahrt war wunderschön, sie genossen sie gemeinsam in fröhlicher Stimmung.
Am Ortsanfang hielten sie, sahen in alle Richtungen und entschieden sich für ein Hotel in der Innenstadt.

„Wir haben noch fast den ganzen Nachmittag vor uns, trinken wir doch erst einmal Kaffee und sehen uns dann die nähere Umgebung an. Nehmt mal gleich eure Badesachen mit, das Thermalbad ist fast um die Ecke. Das Wildwasser kommt dort ganz warm aus der Erde und hat wertvolle Heilkräfte." Joachim kannte das Bad. Hans nickte und gebot: „Erst kommen die Koffer ins Zimmer, wir packen ein wenig aus und treffen uns gleich im Restaurant."

In den nächsten Tagen eroberten sie Wildbad, unternahmen viel, wanderten oder spazierten im weitläufigen Park an der Enz entlang, sahen dem rauschenden, wirbelnden klaren Wasser nach, das schnell dahinfloss, sich um die Steine schlang und die kleinen Vogelakrobaten zum Hüpfen und Springen brachte. Sie versuchten, die durchs Wasser schießenden Forellen mit den Augen zu verfolgen und ihre Verstecke zu entdecken.

Sie begeisterten sich an Kurkonzerten, stiegen zum Hochmoor und dem Wildsee hinauf, kletterten steile Anhöhen empor und wurden fast zu Kindern in ihrer Unternehmungslust.
Sie erfreuten sich an der wunderschönen Natur und den gepflegten Anlagen.

Als sie an einem frühen Nachmittag im Park saßen, sahen sie den vielen ‚Altchen' nach, die oft gehbehindert, mühsam liefen. Da geschah es, dass ein Buchfink vor ihren Füßen landete und den langsamen Spaziergängern nachging, nein – nachhinkte. Joachim schüttelte sich vor Lachen: „Hier hinken sogar die Vögel, morgen fahren wir nach Tübingen, ich muss mal wieder junge Menschen sehen!"
Die beiden Brüder verbanden mit Tübingen sogleich Studentenerinnerungen. Es wurde ein herrlicher Ausflug.
Gegen Mittag füllten sich plötzlich Parkanlagen und Wiesen mit jungen, lachenden Menschen, – ein Glücksgefühl, ihnen zu begegnen, unter ihnen zu sein, mit ihnen durch die Gassen und über die historischen Plätze zu gehen, auch die Fachwerkhäuser aus alten Zeiten und die Kirche zu bewundern. Doch plötzlich wurde Gisela sehr traurig. Wie gerne hätte sie nun Juliane bei sich, wie gerne würde sie ihre Erlebnisse und Freuden teilen. Sie sagte es sogleich ihrer Schwägerin, die immer sorgsam neben ihr ging. Angelika hatte den wunderbaren Gedanken, Karten für Juliane an Kurt und Hanna Schulte zu schicken mit der Bitte um Weiterleitung. Gisela umarmte sie dafür stürmisch.
In einem Restaurant bestellten sie sich Essen, sie hatten nicht bemerkt, dass es ein vegetarisches Haus war, und waren angetan von dem schmackhaften, leichten Gericht. Sie genossen den Sommertag und kamen erst am Abend im Hotel in Wildbad an. Die Sonne schien noch auf die eine Seite der Stadt und die Bergwälder. So entschlossen sich die vier Urlauber noch zu einem langen Spaziergang bis in die Nacht hinein.
Die Kurinformation und der Kurarzt berieten sie über die Möglichkeiten, in Wildbad eine Art Kurzkur zu erhalten. Sie nutzten jede Gelegenheit, besuchten das Olgabad mit Wassergymnastik und die sehenswerten und heilbringenden Moorbadanlagen, die direkt in den Felsen gebaut waren. Sie erfuhren die wohltuende Schlingenbehandlung, Massage und Rückengymnastik. Die Anwendungen verlegten sie auf die Vormit-

tage, so dass die zweite Tageshälfte für Unternehmungen in die Umgebung blieb.

Die Frauen hatten von dem Puppenmuseum in Bad Herrenalb gehört. Dorthin wollten sie. Gleich neben dem großen Parkplatz kamen sie zu einem Trachtengeschäft.

„Traumhaft, oh, wie schön!", erklang es zweistimmig und war von fröhlichem Lachen der Damen begleitet.

„Na, wenn zwei Frauen zusammen sind! Ich muss da ja gar nicht weitersprechen!", rief Joachim und brachte seinen Bruder damit zum Lachen. Aber die Herren zeigten sich geduldig und folgten ihren Partnerinnen in den Laden. Es war berauschend, all die vielen schönen Kleidungsstücke zu sehen.

Gisela hielt eine dunkelblaue Trachtenjacke aus reiner Walkwolle ihrem Mann hin und schaute ihn fragend an. „Ja, zieh mal an, müssen doch erst einmal sehen, ob sie passt", klang es von der anderen Seite des Ladens. Angelika schnappte sich die gleiche Jacke in rot.

Die Männer interessierten sich für sportlich geschnittene Popelinwesten mit vielen Taschen.

Gisela bekam direkt Herzklopfen. Hier konnte sie sich plötzlich ungestört und ohne Kritik eine Jacke kaufen. Angelikas und Joachims Nähe brachte wohltuende Ruhe.

Die Männer setzten sich vor ein Bierzelt, die Frauen besuchten anschließend das Puppenmuseum.

Wie in die Kindheit versetzt, betrachteten sie all die vielen alten Puppen, Puppenstuben und Küchen mit liebenswertesten Kücheneinrichtungen und Gegenständen aus der Zeit ihrer Mütter, entdeckten auch Puppen, die sie als Kinder besessen hatten; sie bewunderten selbst die Eisenbahnen und andere Spielsachen. Zum Schluss kauften sie – ganz spontan – jede ein winzig kleines Puppenservice, sehr teuer – aber so liebenswert! Gisela hielt die kleine Schachtel fest in der Hand. Nun hatte sie ein Mitbringsel für Juliane! Zwar war ihre Tochter längst dem ‚Puppenalter' entwachsen, aber das zierliche Porzellan in Miniaturausgabe würde sie begeistern.

Die beiden Frauen zeigten ihre Eroberungen fröhlich lachend ihren Männern. Sie ernteten nicht einmal Kritik, sondern nur ungläubiges Staunen.

„Na, wenn dann Ruhe ist", bemerkte Hans fast ein wenig vorwurfsvoll. Gisela hatte sich in Frohsinn und Freude bei Angelika angesteckt und war wie umgewandelt.

Ja, sie lachte übermütig mit, und es war ein femininer Triumph, hier und da Geld auszugeben, wo es die Ehemänner für vollkommen unnötig hielten, zudem dachte sie an Julianes Freude über das kleine Geschenk.

Aber die Herren sollten noch mehr Überraschungen der beiden Damen erleben, denn am nächsten Tag fuhren sie über die Schwarzwaldhochstraße nach Baden-Baden.

Schon der erste Anblick der Stadt ließ die Frauen jubeln. Sie waren beide so froh gestimmt,

„Ihr seid albern wie kleine Schülerinnen", stellte Hans fest.

Joachim meinte: „Lass die beiden mal, wir gehen ins Kasino, wir wollen auch unseren Anteil an Unnützem haben!"

Er legte seinen Arm auf die Schultern von Hans, und so zogen sie lustig in Richtung Spielkasino los.

Sie riefen noch: „Wir treffen uns um dreizehn Uhr im Kaufhaus im Restaurant."

„Mal bummeln, mal kaufen, was man sich wünscht, mal trödeln!", rief Gisela. Angelika schaute sie etwas verwundert an: „Na, da habe ich, wie mir scheint, einen besseren Mitspieler in Joachim. Der hat wirklich manchmal eine Engelsgeduld. Natürlich besitze ich auch mein eigenes Geld, aber daran soll es ja bei euch nicht liegen.

Zum Mittag trafen sie sich mit vollen Einkaufstaschen im Restaurant. Die Männer saßen schon mit einem Bier da. „Hier trinkt man doch badischen Wein, was soll denn da Bier!", rief Angelika schon von weitem. „Hier trinkt man nach dem Bier auch badischen Wein", entgegnete Joachim mit verschmitzten Augen. Aber dann hatten die Männer keine Möglichkeit mehr zu reden, dann sprachen die beiden ‚Großeinkäuferinnen' von ihren ‚Errungenschaften'.

„Na, hoffentlich müssen wir keine Hypothek aufnehmen", war der humorvolle Kommentar von Hans. „Wir haben uns das Kasino nur angesehen. Als wir vorher auf einer Bank vor dem berühmten Spielkasino saßen, um uns etwas auszuruhen, fand Joachim eine leere Patronenhülse. Na, war das ein Omen? Wir spielten nicht, um nicht auch eine leere Hülse zu hinterlassen!"

Sie lachten alle, dass die anderen Gäste mit erstaunten Augen zu ihnen sahen.

Sie aßen Maultaschen und amüsierten sich köstlich, weil ihnen diese Art Speise nun absolut nicht schmeckte.

„Als Entschädigung für euren schlechten Rat müssen wir tüchtig mit Wein gurgeln." Joachim bestätigte seinen Ausspruch mit Kopfnicken und Lachen.

„Da lob ich mir doch, dass die Frauen Auto fahren können!"

Nach einem langen Spaziergang im Kurpark, sie bewunderten die herrlichen Anlagen mit Blumen, Sträuchern und seltenen, oft bizarr gewachsenen Bäumen, fuhren die vier Urlauber in die Caracalas Thermen.

Gisela jubelte plötzlich beim Anblick der Schwimmbecken: „Judeldideldei – ju – juh!"

Sie fühlte, sie genoss, sie atmete das Besondere dieser Ferientage. Sie war einfach glücklich!

Die Frauen ruhten nach langer Wasserplanscherei erschöpft auf den Liegestühlen, als eine ältere Damen zu ihrer Freundin sagte: „Du, schau doch mal die mit der schönen Figur da am Becken, die posiert schon die ganze Zeit, wen hat die wohl auf dem Kieker, doch nicht den Alten da im Wasser?"

Die andere Dame schaute neugierig und reckte sich.

Angelika kicherte in sich hinein. „Pass mal auf, Gisela", flüsterte sie, „ ich mach mir einen Spaß!"

Sie wandte sich zu der alten Dame um und sagte: „Meinen Sie die Große da unten, na die!" Sie zeigte mit ausgestrecktem Arm in die Richtung. Neugierig kam die Rückfrage: „Wissen Sie was über die Schlanke?"

„Oh, ja", erklang es mit bedeutungsvollem Nachdruck aus Angelikas Mund. „Die ist ja schön, aber bei der klappt es nicht mit den Bratkartoffeln, so was kann die nicht!"

Die beiden alten Damen sahen erstaunt und wissbegierig – weitere Schwächen ‚der Schönen am Beckenrand' erwartend – auf Angelika.

„Schauen Sie doch mal", lachte Angelika „das ist doch nur eine Marmorfigur!" Es war ein wunderbarer Spaß, das Lachen zog alle Blicke auf die vier lustigen Frauen.

Joachim und Hans kamen aus dem Wasser.

„Wir kaufen Zahnbürsten und bleiben heute hier, dann können wir gleich morgen wieder hierher kommen, wir übernachten

mal ganz komfortabel in einem der Traumhotels hier am
‚Broadway'!"

„Du bist verrückt, Joachim, was sagt Hans dazu?", rief Gisela fragend. „Hans sagt, das sei o.k., ihr habt ohnedies Nachholbedarf."

Diesen herrlich unbeschwerten Tagen folgten weitere am Muffelsee, in Freiburg und wieder in Wildbad.

Am Ende der drei Wochen sagte Gisela: „Hinein mit dem Erlebten in das Schatzkästchen der schönen Erinnerungen, aufgehoben und nicht vergessen, damit es Grundlage für weitere so wundervolle Ferien bieten kann, aber dann nicht mehr ohne meine Juliane!"

„Abgemacht, wir treffen uns im nächsten Jahr wieder, denkt euch was aus!"

„Ja, Joachim, ja, wir haben eure Lebensfreude gekostet, wir wollen sie wieder erleben!", sprach Hans fast wie in einem Trancezustand, „und danke für eure Geselligkeit!"

KAPITEL 5

Das Zirkuszelt war aufgebaut. Die Plakate hingen schon seit zwei Wochen. Es sollte die erste Vorstellung in Bremen sein. Gleich am Nachmittag war eine Kindervorstellung. Hier waren die Clowns die Attraktion Nummer Eins! Titin hatte sich umgezogen. Seine rotgrüne, weite Hose, seine bunt karierte Jacke – viel zu große Jacke –, gehalten von einem riesigen Knopf, sein rundes Hütchen und die langen Schuhe, mit denen er ständig stolperte, waren seine ‚Uniform'. Mit schnellen geübten Strichen malte er sein Gesicht an und wollte zu seinem Auftritt rennen. Da hörte er das weinerliche Stimmchen aus dem Kinderwagen. Kurz entschlossen schob er den Wagen vor sich her. Seine langen Schuhe kamen unter die Räder, sodass er, mit gestreckten Armen und den Oberkörper weit nach vorne gebeugt, vor den verwunderten Augen der Zirkusdiener in die Manege spazierte.

Rosalin hatte aufgehört zu weinen. Vielleicht hörte sie die Musik, aber als die endete, Titin solle ja nun reden, kam wieder das klägliche Stimmchen aus dem Wagen.
Titin nahm die Kleine heraus, lief zum Manegenrand, gab einer älteren Dame das Baby auf den Schoß und wollte zurück.
Erschrocken, dass es wirklich ein Kind war, sie hatte angenommen, es sei eine Puppe, ging die Dame zu Titin in die Manege, das Baby fest an sich gedrückt. Sie legte es in den Wagen.
Im Moment war die Kleine still, aber als sie wieder weinte, nahm Titin eine Windel, heulte laut mit und lief dabei im Halbkreis in der Manege hin und her. Dann holte er Rosalin aus dem Wagen, wiegte sie in den Armen und begann mit

49

hoher Tenorstimme zu singen: „Schlafe, mein Prinzchen, schlaf ein…" Aus dem Orchester erklang eine Solovioline – erst ganz leise, dann immer voller.

Es wurde still im Zelt.
Die Kinder gaben keinen Laut von sich. Hier und da hörte man ein leises Schnupfen. Rosalin machte die Augen auf und schaute, als könne sie schon begreifen, in die Zeltkuppel. Titin legte die Kleine mit großer Geste in den Wagen, lief in der Manege herum und deutete mit dem Finger auf dem Mund an, alle sollten ganz leise sein. Dann ging er mit langen, wippenden Schritten aus dem Zelt und schob den Kinderwagen vor sich her. Jetzt brach ein Jubeln und Klatschen los. Titin kam zurück, verneigte sich und lief schnell wieder zu Rosalin.

„Mensch, Titin, du bist ein Genie, solch eine Nummer hatten wir noch nie, das war ja ganz neu!", staunte Wander, der Zirkusdirektor. „Wann hast du dir denn das ausgedacht?"
„Ach, Herr Direktor, ich hatte ja gar keine Zeit zum Denken, das hat Rosalin für mich erledigt. Sie weinte doch gerade, was sollte ich denn tun. Martha ist einkaufen gegangen, ich muss doch auf mein Röslein aufpassen!", war die Antwort. Wander schaute Titin nach, der zum Wagen lief.

Und in der Abendvorstellung? – In der Abendvorstellung lief alles nur ein ganz klein wenig anders ab. Wieder bekam eine ältere Dame das Kind auf den Schoß, auch sie war erstaunt, dass es keine Puppe sei. Rosalin jammerte erst, als Titin sie holte, um sie in den Wagen zu legen. Dann heulte er mit, und Rosalin wurde still. Er nahm sie trotzdem aus dem Wagen und sang. Die Violine spielte dazu.

Die vielen Artisten und Künstler, die Dressuren und vor allem auch die kleine Seiltänzerin begeisterten die Zirkusbesucher. An den nächsten zwei Abenden waren die Vorstellungen fast ausverkauft. Der Erfolg machte die Artisten glücklich und mit ihnen die gesamte Zirkusmannschaft.
Die Woche in Bremen verging. Andere Städte, andere Orte, neue Vorstellungen, neuer Erfolg, leider auch mal Misserfolg, brachten neue Eindrücke.
Titin und Martha teilten sich die Pflege der kleinen Rosalin.

Die Zirkuskinder kamen – wie abgesprochen – der Reihe nach und baten um Erlaubnis, die Flasche zu geben oder beim Baden zusehen zu dürfen.

So hatte Rosalin schon sehr früh viele Freunde.

Sie war ein stilles Kind, schlief die ganze Nacht durch. Doch wenn im Zelt die Musik erklang, schien sie ihre eigene Vorstellung geben zu wollen.

„Du passt das wohl immer ab, kleine Prinzessin, nur damit ich dir das Lied singe, du bist schlau, man merkt, dass du meine Tochter bist", sagte Titin ganz stolz.

An einem sonnigen Tag hatten die Kinder Rosalin auf dem Zirkusplatz herumgefahren, und weil Rosalin eingeschlafen war, stellten sie den Wagen ab und gingen spielen.

Das Baby wachte auf und begann, kläglich zu weinen.

Plötzlich streckte Jumbo, der Elefant, seinen Rüssel aus seinem Gehege, ergriff das Kind – die Decke fiel zu Boden –, rollte seinen Rüssel um den kleinen Körper und wiegte den Kopf hin und her. Rosalin wurde still. Doch ein greller Schrei klang über den Zirkusplatz. Dunja hatte es gesehen. Sie lief zu dem Elefanten, hielt ihm beide Arme entgegen und staunte, als das gute Tier ihr die kleine Rosalin ganz sanft übergab. Der Dompteur war hinzugekommen. Wie nach einer gelungenen Vorführung holte er eine Banane und reichte sie Jumbo. Der Elefant hob Kopf und Rüssel, als sei es der Applaus in der Arena.

„Morgen geht es nach Köln", dachte Titin, „dort kommen andere Akrobaten dazu – fein!"

Titin erleichterte es alles Künstlern, sich in der Stammtruppe einzureihen. Seine selbstverständliche Freundlichkeit und vielleicht auch das ‚Du' vereinfachte jedem den Anfang in der fremden Gruppe.

In Köln ereigneten sich seltsame Begebenheiten.

Ein Artist, der neu zu dem Zirkusprogramm engagiert war, rief laut: „He, Maltino, dreh dich um, ich bin es, Angelo!"

Titin nahm keine Notiz von dem Rufen, bis sich eine Hand auf seine Schulter legte.

„Sag mal, was ist in dich gefahren, in Spanien haben wir wochenlang in einem Wagen gehaust und jetzt willst du mich nicht einmal kennen!", sagte eine für Titin fremde Stimme.

„Ich bin nicht Maltino, ich bin Titin, Sie irren sich! Martha, Mutter Martha, komm, sage dem Herren, wer ich bin!"

Martha stand bei Rosalin am Kinderwagen und hatte erstaunt alles mitgehört. Sie konnte es nicht werten, sie musste also hören, dass es Titin zweimal gab.
„Soll denn Ihr Maltino auch hier sein?", fragte sie den unbekannten Artisten. „Aber ja, wir haben zusammen eine Nummer aufgebaut. Maltino macht mir ständig mein Jonglieren kaputt, bis ich auf die Strickleiter klettere und oben jongliere, da fällt er immer von der Leiter und kann mich nicht mehr ärgern – angeblich ärgern."

Doch plötzlich stand Maltino da.
Titin glaubte, in sein Spiegelbild zu sehen. Ihm gegenüber stand ein kleiner Mann, genau seine Größe, das Gesicht – Augen, Nase, Mund, die Haare, die Körperstatur, ja selbst die Stellung der Füße, alles glich ihm.
Erst sahen sich die beiden kleinen Männer sprachlos an. Es dauerte Sekunden – ja, Minuten – bis sie begriffen. – Erstaunen in den Gesichtern, dann ein Lächeln.
Titin streckte seine Hände vor, der Fremde tat es ebenso. Dann sprachen beide, sie sprachen die gleichen Worte, die gleichen Sätze: „Eine rotkarierte Decke – nur die Hälfte der Decke, ein Zettel – auch halb!! Ein durchgerissenes Heftblatt mit einem Namen!" – Dann eine Pause. –
Sie ließen sich nicht aus den Augen, standen noch immer mit vorgestreckten Händen da, als müssten sie Mut finden, ihr Gleichnis zu berühren.
„Was stand auf deinem Zettel?", schrie der Fremde weinerlich. Dann sprach er ganz leise: „Auf meinem Zettel stand nur der Name Malte."
Er senkte seinen Kopf, ließ die Hände sinken, sah auf den sandigen Boden. Er weinte – er weinte fassungslos! In seinem Kopf schien ein Wirbelwind die Gedanken aufzupeitschen, die Sehnsucht nach einer Familie, nach Geborgenheit, die Erinnerung an seine verstorbenen Eltern, die nicht seine Eltern waren, das lange Alleinsein – ohne Freund, ohne Bruder! Was war in diesem kurzen Zeitraum geschehen?

Jetzt drehte sich Titin um, lief weg, rannte in seinen Wagen

und holte die Decke, breitete sie vor Maltino aus, der noch immer schluchzte, und rief: „Eine halbe rotkarierte Decke, einen Zettel habe ich auch, da steht Martin drauf!"
Er warf die Decke weg und umarmte sein Gegenüber, sein Spiegelbild. Es musste ja ein Zwillingsbruder sein!

Martha zitterte. Ihr Herz klopfte. Träumte sie, oder war es Wirklichkeit, was sie erlebte?
Für Sekunden hielt sie ihre Hand vor die Augen, dann hatte sie begriffen: hier geschah etwas ganz Unerwartetes!
Sie bat alle Beteiligten in ihren Wohnwagen. Still hantierte sie, aber ihre Gedanken schienen weit weg zu sein. Sie war vollkommen verwirrt. Sie stellte die Kaffeekanne auf den Tisch und wollte schon den gemahlenen Kaffee aus der Tüte in die Kanne schütten, als sie ihre Unbesonnenheit merkte. Jetzt musste sie über sich selbst lachen und holte erst einmal eine Flasche Sekt und Gläser und schenkte das perlende Getränk ein. Kaffee und Kuchen konnte sie später servieren. Sie rief mit heiserer Stimme, als sei sie aus einem schweren Traum erwacht: „Wir feiern einen Geburtstag, den Geburtstag unserer wahrscheinlichen Zwillinge, sollen es die Ärzte herausfinden! Heute seid ihr für mich beide meine Söhne, ich kann euch ja kaum auseinander halten!"
„Titin holte Rosalin aus dem Kinderwagen, sie sah ihn mit großen Augen an. Er legte ‚sein Kind' Maltino in die Arme und sagte: „Wenn ich Vater bin, bist du Onkel! Jetzt staunst du wohl, na?"
Maltino verstand nicht, aber das kleine Mädchen lächelte ihn an. „Titin, wie geht das zu, wer ist dieses Baby, hast du eine Frau, bist du verheiratet?"
– „Ich erzähle dir alles, alles, aber erst müssen wir mehr über uns wissen."

Maltino und sein Freund, der Artist Angelo, zogen in Titins Wagen. Es war ja Platz genug.

Die Zirkusmitglieder staunten nicht schlecht, als sie von der wundersamen ‚Verdopplung' Titins hörten. Und Maltino staunte, als er den gleichen Wecker bei Titin vorfand, wie er ihn auch besaß. Sie hatten fast zur gleichen Zeit in verschiedenen Orten den gleichen Gegenstand gekauft.

Zwei Tage später legte Martha eine rotgrüne Hose, eine buntkarierte Jacke und einen ganz ähnlichen Hut, wie ihn Titin bei den Auftritten trug, auf das Bett von Maltino. Sie zog noch drei weitere klitze-kleine Sachen aus dem Beutel: ein Höschen, ein Jäckchen, ein Mützchen – in gleicher Farbe und aus gleichem Stoff. Sie schaute ganz verliebt auf dieses kleine Produkt ihrer Nähkunst. Bis in die Nacht hinein hatte sie genäht und erntete einen richtigen Dank-Überfall. Sie wurde umarmt und gedrückt und gelobt. Martha bekam Herzklopfen.
Die Überraschung war ihr gelungen.

Welch eine Clown-Nummer begann nun!
Maltino und Titin mussten nicht einmal üben, alles lief – wie ewig geprobt! Angelo wurde direkt etwas eifersüchtig. Dann aber besann er sich, denn die Clowns waren seit jeher die Lieblinge der Kinder.
Rosalin war die Hauptdarstellerin der Clowngruppe, obwohl sie manchen Auftritt verschlief, aber gerade das erweckte immer neue Ideen der lustigen Gesellen. Jetzt sang nur Maltino das Schlaflied, Titin begleitete ihn mit der Geige; eine zweite Geige erklang von der Orchesterempore.
Bald war das Foto der Doppelclowns mit ihrem Clownbaby ein Teil des Werbeplakates.

KAPITEL 6

Joachim Schwert las zufällig in der Zeitung: Der Zirkus kommt. Er kaufte am Nachmittag drei Zirkuskarten. Der Zirkus gastierte ganz in seiner Nähe in Köln. Das wollte er nicht verpassen. Seine Frau und Tochter Anja waren überrascht. Welch ein herrlicher Abend, diese Attraktionen, diese Tierdressuren, die Jongleure und Trapezkünstler, viele andere dazu und – vor allem – die Clowns.

Das Programm lief reibungslos.

Anja war gerührt, als die zwei kleinwüchsigen Clowns auftraten, und als sie das Baby auf Titins Arm sah.

Wie einstudiert begann das Kleine zu schreien. Titin lief in der Manege herum, suchte in der ersten Reihe nach einem Babysitter und legte Anja das Kind auf den Schoß.

Sogleich hörte Rosalin mit dem Schreien auf, sah verwundert mit einem suchenden Blick zu Anjas Augen. Anja wagte kaum zu atmen. Das Baby bewegte die Arme und Beine, als wolle es Halt suchen. Da nahm Anja das Kind hoch und stand auf, wiegte es, als sei es längst Gewohnheit, so ein kleines Wesen zu halten. Maltino rannte zu dem jungen Mädchen, holte das Baby und lief mit langsamen, wippenden Schritten in der Manege herum. Titin spielte ein Kinderlied auf der Violine, machte immer wieder Pausen, um sich mit einer Windel die Tränen abzuwischen. Rosalin schlief fest, ließ alles geschehen, kam in ihren Wagen und wurde mit Beifall hinausgeschoben.

Am nächsten Tag telefonierte Joachim mit seinem Bruder Hans und berichtete von dem interessanten Zirkusbesuch. Er fragte nach Juliane. Hans konnte nur Auskunft geben, die er über seinen Freund Dr. Schulte gehört hatte: Juliane habe sich sehr erholt, springe wieder wie ein fröhliches Kind herum, als wolle sie niemals erwachsen werden, und Hanna, Kurts Frau, hätte sich vorgenommen, mit Juliane nach der Kur zu lernen.

Die Nachricht erfreute Joachims Familie. Es war also wieder Ruhe in das Leben der Hamburger eingekehrt.

KAPITEL 7

Hanna Schulte war im sonnigen Wohnzimmer im Sessel eingeschlafen. Juliane wollte nicht stören und ging, als sie es sah, leise aus dem Zimmer. Im Herrenzimmer suchte sie nach einem Buch über Kindererziehung, als ihr Blick auf eine Violine fiel.

Vergessen war ihr Interesse für die Erziehungslektüre, sie nahm das Instrument aus dem Kasten, zupfte an den Saiten und begann, die Geige zu stimmen. Sie brauchte lange, dann hatte sie die Töne rein und edel. Sie legte den Bogen auf, erst ganz vorsichtig, bald aber kräftig und mit gekonnten Strichen. ‚Wenn der weiße Flieder wieder blüht...‘, das Medley von Helmut Zacharias – so wundervoll gespielt –, klang durch das Haus. Hanna wachte auf und kam ins Herrenzimmer. Sie blieb still stehen bis der letzte Ton verklungen war, dann klatschte sie und rief: „Komm in den Salon zum Flügel, wir spielen zusammen; ich habe die Noten, es war einst meine Lieblingsmusik, Helmut Zacharias, ich liebte sein Jazz-Geigenspiel!“

Sie musizierten zusammen, probten immer wieder, suchten neue Stücke in den Noten, und die Zeit verging. Kurt war leise hinzugekommen, hatte sich in einen Sessel gesetzt und die Augen geschlossen. „Hätten wir ein Kind gehabt, was hätten wir alles...“

Er brach seine Gedanken ab. Das Thema war Vergangenheit. Die Zeit war nicht zurückzudrehen, war nicht wiederbringbar. Oder doch?

„Hanna, Hanna, ihr müsst einen Augenblick unterbrechen, in meinem Kopf ist gerade ein Plan, ich bin ganz aufgeregt!

Ich habe mit Hans telefoniert, habe ihm gesagt, dass er seine Tochter in diesen Tagen wiedersehen wird. Er war so glücklich, so erfreut! Er war wie ein Kind! Mein Gott, Juliane, dein Vater hat eine Wandlung durchgemacht! Sicher hat er sich nie vorstellen können, in seinem Leben würde mal etwas Ungeplantes mit seinen Kindern geschehen. Eine Tochter, die solange nicht zu erreichen ist, ja vielleicht gar nicht erreicht werden will, ist absolut unpassend für sein Denken!

Aber bei allem Gerede habe ich erfahren, dass deine Mutter, liebe Juliane, einen Computerkursus macht, sie übt jeden Tag fleißig an deinem Gerät und will eine Halbtagsarbeit suchen. Ich bin darüber sehr erfreut. Ihre Depressionen sind schon jetzt vergessen. Sie hat ganz einfach keine Zeit mehr dafür, – vielmehr, ihr Körper kommt nicht dazu. Diese Art von Heilbehandlung durch interessante Tätigkeiten ist bekannt. Das hat nichts mit Launen zu tun, vielleicht aber mit einer inneren Eigenwertung. Ihre Nachbarin, Frau Preußer, hat sie zu dem Computerkursus überredet. Sie hat sich auch ein Gerät gekauft, allerdings nur um mitzuhalten. Frau Preußer ist mit ihrer Unternehmungslust und mit ihrem Frohsinn die richtige Freundin für deine Mutter, Juliane.

Ich denke, wir sollten einen Besuch im Hause deiner Eltern vereinbaren. Die Zeit ist gekommen. Du kannst ganz beruhigt sein, sie werden sich alle sehr freuen. Übrigens kommt dein Bruder Klaus-Dieter zurück nach Hamburg. Er gibt die Studentenbude in Göttingen auf. Das Leben ist ihm dort zu teuer. Er kann ja auch viel besser in Hamburg studieren, hier hat er die passenden Institute für eventuelle Praktika vor Ort. Gerhard muss dann im Oktober zum Bund. Er bleibt in Norddeutschland, in Varel. Sie haben seinem Wunsch zur Sanitäterausbildung entsprochen. Ja, soweit die Berichte und jetzt bitte noch ein Ständchen. Ihr spielt ja fast professionell!"

Zwei Tage später stand Hanna im hellen Sommerkostüm aus Paris im Entree und wartete auf ihren Mann und Juliane. Kurt trug nur einen sportlichen Blouson. Juliane kam in ihrem neuen, hellroten Kleid eilig die Treppe herunter.

„Juliane", rief Kurt übermütig, „wir adoptieren dich! Mit so einer hübschen Tochter kann man ja direkt angeben!"

Sie hatten Schwerts Haus erreicht. Den kurzen Weg waren sie zu Fuß gegangen. Julianes Herz klopfte.

Die Haustür ging auf. Die Eltern standen vor ihr. Es folgte eine Sekunde des Zögerns, dann umarmte Juliane erst ihre Mutter, dann den Vater. Erlösende Tränen folgten. Selbst ihr Vater wischte sich die Augen.

Auf dem Tisch stand Juliane Lieblingskuchen – eine Käsetorte. Julianes Eltern gaben sich alle Mühe, liebe Worte für ihre Tochter zu finden. Der Vater machte ihr Komplimente. Er hatte nun auch eine ganz andere, eine erwachsen gewordene Tochter vor sich. Immer wieder sah er – verwundert über die so große Wandlung – zu der jungen Dame hin, die so gar keine Ähnlichkeit mehr hatte mit dem ‚grauen Mäuschen‘, das vor Wochen das Haus verlassen hatte.

Juliane staunte aber auch über ihre Mutter, die sie nun mit klaren Augen, interessiert und lieb ansah.

Die Erwachsenen unterhielten sich, redeten über Erholung, über Ruhe, Nachlernen und – hier horchte Juliane interessiert auf – Musikstunden im Hause Dr. Schulte.

„Oh, ja, ich wäre glücklich, wenn ich immer wieder zu euch kommen dürfte, Tante Hanna, Onkel Kurt, bitte gleich einen Termin! Ich freue mich schon jetzt!"

Und was Juliane nicht erwartet hatte, jetzt kam die Stunde der Wahrheit über ihren Verbleib. Zwar wurde von ihrer nervlichen Erschöpfung gesprochen, aber die Eltern erfuhren auch, dass sie nicht in einem Sanatorium war, sondern nach Paris mitreisen durfte. Juliane erzählte glücklich von den interessanten Erlebnissen und den vielen neuen Kleidungsstücken, die sie bekommen hatte.

Ihre Eltern saßen ganz still da. Sie unterbrachen nicht, sie gaben kein Verwundern preis, sie hörten nur zu.

Dr. Schulte sah Gisela und Hans an, legte seine rechte Hand aufs Herz und sprach mit liebevoller Stimme: „Wir haben ohne eure Zusage gehandelt, doch als euer und Julianes Arzt hatte ich die Entscheidung eigenwillig getroffen, Juliane mit einer Reise aus ihrer großen Verzweiflung zu führen, ihr zu zeigen, das sich das Leben nicht nur auf ein paar Schulnoten reduziert und ewigen Leistungsdruck, ja, sie erleben zu lassen, wie schön die Welt ist. Zwar ist Paris nur ein ganz kleiner Teil dieser Welt, doch sehr international. Zudem haben wir – sehr egoistisch – ganz einfach genossen, einmal ein Kind glücklich zu machen. Vielleicht können wir ein wenig die Lücke schließen, die durch

den Tod ihrer Großeltern entstanden ist. Ihr dachtet selbst darüber nach.

Juliane kommt nun innerlich und äußerlich stark nach Hause.
Wenn du, meine liebe Gisela wieder in ‚Brot und Lohn‘ gehst,
darf Hanna sicher mal deine Tochter bei sich haben. Ihr Tag
bekommt dann auch einen ganz neuen Sinn, zumal sie sehr gut
mit Juliane lernen könnte. Sie hat die Ruhe und kann durch
eigenes Interesse motivieren.“

Es wurde ganz still am Kaffeetisch. Jeder ging für Minuten
seinen Gedanken nach.

Hans Schwert hatte schon längst seine Erziehung überdacht.
„Ich werde selbst Erziehung brauchen, um mit einer erwachsen werdenden Tochter zurechtzukommen. Aber ich muss eben
auch mehr hören, wie sich das Mädel die Zukunft vorstellt.“

Seine Frau Gisela dachte: „Es gibt nur eine Wichtigkeit: Juliane
ist wieder zu Hause, und sie ist gesund! Sie ist in den wenigen
Wochen eine Dame geworden. Wir müssen besser auf sie eingehen. Wir haben so ein hübsches Mädchen.“

Das Ehepaar Dr. Schulte war längst übereingekommen, Juliane
nach bestem Können schulisch und musikalisch zu fördern. Sie
wussten, in welcher lebensbedrohenden Verzweiflung Juliane
war, als ein Schutzengel sie fand und ihr die Hand reichte.

Sie waren in die Aufgabe hineingezogen worden und nahmen
sie als höhere Fügung und ihre Pflicht an. Juliane war nicht ihre
Tochter, aber sie war Hannas Patenkind und ihre Freundin.

Der Herbst kam, die Schule begann.

Juliane wurde bewundernd in der Klasse empfangen. Ihre neue
Garderobe, ihr elegantes Auftreten, ja, ihre Verwandlung zu
einem reifen Menschen, gab dem Miteinander in der Klasse
ein neues Fluidum. Plötzlich hatten die Lehrer gepflegte junge
Menschen vor sich, die Disziplin änderte sich schlagartig, selbst
die Zensuren jedes Einzelnen verbesserten sich.

Juliane glaubte nicht daran, dass sie der Auslöser sein könne,
obwohl ein Lehrer das lobend bemerkte, vielmehr hatte sie den
Wunsch, ihre Leistungen zu Erfolgen zu steigern, sich bis zum
Abitur ein großes Wissen anzueignen, um dann ein Studium
aufzunehmen, das ihr später – und hier lag ihr Traumziel –
ermöglichte, Rosalin ein glückliches und sorgenfreies Leben

zu bieten. Juliane ging regelmäßig viermal in der Woche am Nachmittag zu Schultes.

Hanna war wirklich eine wunderbare Lehrerin. Die Schulaufgaben – Routinearbeiten – waren immer schnell erledigt. Das Hauptlernen fand im Herrenzimmer mit seiner großen Buchauswahl, einer richtigen Bibliothek, statt. Hier blätterten und lasen Hanna und Juliane alle Themen nach, vervollständigten das Wissen wie perfekte Studenten. Sie lernten zusammen die Vokabeln der Sprachen Französisch, Englisch und Latein. Dr. Schulte half bei den lateinischen Deklinationen, erklärte den ACI, bis er in Julianes Kopf Halt fand, begeisterte sich selbst an Ciceros Reden wie in seiner Schulzeit.

Juliane musste die Zeit für ihre Schulfreundschaften auf wenige Tage begrenzen, aber sie legte kaum Wert auf das Zusammensein in Diskotheken oder Kinos.

Weihnachten kam heran.

Juliane ging mit gesenktem Kopf ins Haus ihrer Wohltäter. Sie hatte vor einem Spielzeuggeschäft gestanden und Eltern mit Kindern beobachtet. Jetzt fühlte sie zum ersten Mal eine tiefe Sehnsucht nach ihrer kleinen Tochter.

Hanna fragte nicht, aber sie ging zum Schrank und nahm einen Brief heraus:

„Liebe Familie Dr. Schulte,

Rosalin ist gesund. Sie lacht, sie ist immer artig und schläft nachts. Sie weint nicht wie andere Kinder. Sie ist ein kleiner Clown, ein richtiger Clown. Weil Titin sie nie alleine lassen will, nimmt er sie mit in die Arena. Alle denken, es ist eine Nummer, aber es ist nur Aufpassen auf Rosalin.

Das Baby ist schon jetzt musikalisch! Glauben Sie bitte nicht, wir geben an, aber Rosalin hört uns gerne beim Geigenspiel zu. Alles ist in Ordnung. Wir danken sehr für die Überweisungen und legen Bilder von Rosalin dazu. Juliane kann uns immer gerne besuchen.

Seien Sie ganz herzlich gegrüßt

Martha und Titin"

Juliane saß ganz still da. Aus ihren Augen tropften Tränen. „Darf ich die Bilder sehen?"

„Aber ja, mein Kind, wenn es dich nur nicht zu sehr aufregt", sagte Hanna mit leiser Stimme. Sie wollte nicht zeigen, wie sehr sie selbst erregt war.

Juliane sah auf jedes Foto, als könne sie nicht begreifen, dass dieses goldige Wesen ihr Kind sei. Nach langen, stillen Minuten legte sie die Bilder gedankenverloren auf den Tisch. Sie sprach lange nicht.

Aber plötzlich hellte sich ihr Blick auf: „Tante Hanna, Rosalin bleibt mein Kind. Ich werde Tag und Nacht lernen, ich werde ein Superabi machen, und dann studiere ich Medizin. Rosalin soll stolz auf ihre Mutter sein. Ich lebe, weil es Titin in jener schlimmen Stunde gab, aber ich werde immer leben, weil es Rosalin gibt!"
Hanna sah erstaunt auf. Das hatte sie nicht erwartet.

„Wir fahren morgen in die Stadt und kaufen Weihnachtsgeschenke für Frau Martha, für Titin und vor allem für Rosalin! – Einverstanden?"
Juliane strahlte, aber sie meinte: „Da muss ich ja wohl erst im Lotto gewinnen, ich kann mir das ja gar nicht leisten. Zwar habe ich noch keinen Pfennig von meinem Taschengeld in den Monaten ausgegeben, ich komme ja gar nicht dazu, aber für so viele Geschenke reicht es ganz gewiss nicht."
„Lass das mal unsere Sorge sein, das ist schon alles beraten und geplant", erwiderte Hanna.
„Mit dir zog das Glück für uns ein. Da können wir auch mal großzügig sein, es weihnachtet doch!"
„Tante Hanna, ich habe manchmal das Gefühl, ihr seid mir so nah verwandt wie meine Großeltern. Es war wie ein Ruhepol bei ihnen. Sie haben nicht ständig nach meiner Leistung gefragt, sie haben nicht an mir herumgemäkelt, sie haben sich immer gefreut, wenn ich bei ihnen war.
Ich habe sie nach ihrem Unfall so vermisst.
Ich hatte das Gefühl einer ganz großen Leere. Da, wo ich Liebe tanken konnte, war niemand mehr. Durch eure Hilfe und euer Verständnis für Rosalin und mich – ich glaube, auch durch unser Geheimnis – seid ihr mir so nah, so verwandt."

Hanna umarmte das Mädchen. Sie war ja selbst so glücklich

über diese herzliche Freundschaft, die ihrem Leben einen ganz neuen Inhalt gab.

„Wer geht schon gerne bei Wind und Wetter durch die düsteren Straßen, um Weihnachtsgeschenke zu kaufen?", dachte Hanna noch beim Fortgehen.

Es kam aber ganz anders. Juliane begeisterte sich an so vielen schönen Dingen, sie war in einer Jubelstimmung, die ansteckend wirkte. Voll bepackt kamen sie im Hause des Arztes an und wurden wegen ihrer vielen Pakete mit einem Spottlachen empfangen. Aber die Damen lachten mit, denn sie hatten so wunderbare gute Laune. Sie breiteten alle Dinge auf dem großen Tisch aus, erfreuten sich noch einmal an dem Vielerlei und zogen sich endlich ihre warmen Mäntel aus.

An diesem Abend verspätete sich Juliane, aber die früher übliche Standpauke ihres Vaters fiel weg.

KAPITEL 8

Der Postwagen hielt vor dem Zirkusplatz und der Fahrer lud ein übergroßes Paket aus. Neugierig standen Paul und andere Kinder am Platzeingang, obwohl erste Schneeflocken fielen. Sie liefen mit dem Postboten mit und zeigten ihm Marthas Wagen.

Martha klatsche vor Freude und Verwunderung in die Hände: „Ja, so ein großes Paket haben wir ja noch nie zu Weihnachten bekommen! Aber schnell in die ‚Gute Stube' damit, es wird ja sonst ganz nass."
Titin und Maltino kamen aus ihrem Wagen und liefen neugierig zu Martha.
„Hinaus mit euch, auch ihr müsst warten, bis das Glöckchen heute Abend klingelt und die Weihnachtstür aufgeht. Solange müsst ihr schon in eurem Wagen bleiben!"

Und endlich wurde es Abend, und die Tür ging auf, – und vor dem geschmückten kleinen Tannenbäumchen stand das große Paket. „Unser Kindchen schläft noch, aber es wird noch nicht wissen, was es mit dem Heiligen Abend anfangen soll. Wir werden jetzt essen. In alter Tradition gibt es Kartoffelsalat und Wiener Würstchen. Wir haben auch sehr schönes Brot und Lachs. Aber zuerst – Titin, lies die Weihnachtsgeschichte, lasst uns Jesus Geburtstag feiern!"

Maltino hörte andächtig zu. Er hatte erst in den letzten Jahren erfahren, wie christliche Feste gefeiert werden. Bis zum November 1989 war er nie in westliche Länder gekommen. Damals

versperrte die Mauer in Berlin und die stark bewachte Grenze der DDR den Zugang in den Westteil. Er war in der DDR aufgewachsen, da hielt man nicht viel von christlichen Feiern.
Dort kannten die Kinder zwar den Weihnachtsmann und Väterchen Frost, aber das Christkind kannten nur die, die in christlichen Familien erzogen wurden.

Martha, Titin und Maltino sprachen leise miteinander, und Maltino erzählte wieder – wie schon so oft –, wie er zu einer Artistenfamilie kam. Diese Erzählung war auch eine Weihnachtsgeschichte, denn es öffneten sich damals eine Tür und liebe Herzen für ein kleines Menschlein: „Man hatte mich auf den Stufen des Friedrichstadtpalastes gefunden. Es war im kalten Februar 1955. Die Vorstellung war schon längst aus. Ein Wachmann fand mich. Er glaubte, ich sei den Artisten aus dem Kinderwagen gefallen, denn eine Familie hatte ein Baby mit. Obwohl es ihm viele Umstände machte, brachte er mich zum Zirkusplatz, der gleichzeitig unser Winterquartier war. Niemand kannte mich – natürlich nicht –, aber ein älteres Ehepaar nahm mich erst einmal in ihren Wohnwagen. Es waren Leute, die früher einmal Artisten waren, dann aber als treue Helfer beim Zirkus blieben. Meine Mutter – ja, die Frau konnte sich nicht mehr von mir trennen – sagte mir immer, ich sei vom Himmel gefallen, um ihnen Glück zu bringen. Meine Eltern mussten sehr kämpfen, um mich behalten zu können, denn sie waren ja schon älter. Aber sie gaben mich einfach nicht mehr heraus. Da entschloß man sich im Amt, der Adoption zuzustimmen. Ich hatte wunderbare Eltern. Anfangs lehrten sie mich jonglieren, dann konnte ich sogar treffsicher die Messer an eine Wand werfen. Als aber ein Arzt meinte, ich würde nicht wachsen, dachten sich Vater und Mutter so viele Dinge aus. Sie schenkten mir eine kleine Trompete und brachten mir das Spielen bei, natürlich auch Noten, Musiklehre und so ein Zeug. Mich interessierte nur die Trompete. Ich spielte, was ich hörte. Da saß ich eines Tages in der Arena und spielte nur für mich. Das hörte der Zirkusdirektor und war ganz angetan davon. Er machte mir den Vorschlag, Clown zu werden. Er ließ sich einige Dinge einfallen und erklärte mir, welche Späße ich machen solle. Ich fühlte mich nicht so ganz wohl dabei. Aber da waren Kinder ins Zelt gekommen, die standen am Rand der Arena und lachten und hatten bei meinem ungeübten Programm so viel Spaß. Ich bat sie mitzuspielen. Sie waren alle viel bessere Clowns als ich, obwohl sie viel jünger waren. Mir wurde klar, dass ich nicht eine Nummer üben sollte, ich sollte ganz einfach ein tollpatschiges Kind sein, nicht viel älter als fünf Jahre, aber sehr albern. Ab diesem Moment gelang es mir, die Leute zum Lachen zu bringen. Erst waren es ja nur unsere Kollegen, dann aber wagte ich mich vor ein großes Publikum. Als alle klatschten und lachten – das war wie eine Eins auf dem Zeugnis! Ich war Clown geworden!"

Martha und Titin hatten nachdenklich zugehört, sie sahen in Gedanken die Erzählung wie einen Film vorbeilaufen. Maltino hatte alles schon oft berichtet, aber sie konnten sich seine Kindheit immer besser vorstellen.

„Maltino, iss jetzt, sonst klingelt das Glöckchen nicht! Ich bin schon so neugierig auf das große Paket! So eine Bescherung, da kribbelt es vor Neugier!
Mutter Martha, Kartoffelsalat und Wiener Würstchen am Heiligabend, das ist schon wie die Tannenbaum-Tradition. Da freut man sich den ganzen Tag drauf, besonders, weil es die teuren und guten Würstchen sind", sagte Titin in kindlicher Art und biss in die heiße Wurst. Im hinteren Teil des Wagens schlief Rosalin in Marthas Bett. Doch jetzt hörte man ein leises Plappern, ein Gurren und Lachen.
„Rosalin ist wach, wir holen sie, ich mache ihr das Fläschchen!", rief Titin.
„Nein, ich bin mit der Flasche dran", erwiderte Maltino.
„Da zanken sie sich jetzt schon um die junge Dame!", rief Martha lachend.
Rosalin trank hastig und schaute abwechselnd Titin und Maltino an. Ab und zu setzte sie ab und lachte, strampelte dabei mit den Beinen, als könne sie ihrem Übermut die richtige Aussage geben.
Endlich öffnete Martha das Paket. Sie nahm ein Päckchen heraus mit der Aufschrift ‚Für Rosalin'. Maltino und Titin schauten ebenso neugierig wie die Kleine, doch war es für Rosalin eher das bunte, knisternde Papier, was ihre Aufmerksamkeit hervorrief.

Zum Vorschein kam ein Stoffclown, so lustig, so lieb und so

bunt, das Gesicht ausdrucksvoll mit großen Augen und dem bemalten Mund. Rosalin griff danach und biss sofort hinein.

In einem weiteren Paket mit der Aufschrift ‚Für Titin‘ war ebenso ein Clown, nur doppelt so groß. Titin strahlte. Aber Maltino sah etwas unglücklich aus.
Martha stand auf: „Na, wartet mal, da habe ich auch etwas." Mit diesen Worten überreichte sie Maltino einen haargenau gleichen Stoffclown. „Ich hatte ihn für Rosalin besorgt, aber nun habt ihr alle drei so einen kleinen Bruder, das ist doch was, kann man doch direkt eine Nummer davon machen!" Sie lachte und sah die Freude ihrer Schützlinge. Das Auspacken hatte noch kein Ende. In einem bunten Beutel war für Martha eine warme Wolljacke im Trachtenstil, gerade so, wie sie sich diese Jacke mal ganz sehnsüchtig in einem Schaufenster angesehen hatte. Martha drückte die Jacke an sich. In ihren Augen glänzten Freudentränen; das Licht der Kerzen verschwamm. Doch da war noch ein Päckchen, ein kleines Puppenbett kam zum Vorschein mit einem Brief darin:

„Ihr lieben Menschen,
möge unser Herr an seinem Geburtstag bei euch einkehren, denn er war es, der eure segensreiche Hilfe für uns organisierte. Habt für all eure Liebe unseren herzlichsten Dank und feiert ein glückliches Weihnachtsfest. Im Kindergeschäft ‚Kleiner Wicht‘ haben wir ein Kinderbett nach euren Vorstellungen bestellt. Seid bitte so lieb und sucht es aus mit allem Zubehör und mindestens dreimal Bettwäsche. Der Ladenbesitzer ist informiert und sendet uns die Rechnung zu.
Gesegnete Weihnachten
Familie Dr. Schulte und Juliane"

Es war still im Wohnwagen, in festlicher Stimmung schauten alle für Sekunden auf den kleinen Weihnachtsbaum mit seinen flackernden Kerzen. Da holte Titin seine Geige hervor und begann zu spielen. Rosalin sah ihn mit großen Augen an. Sie saß jetzt auf Marthas Schoß und lehnte ihr Köpfchen an. Ihre kleine Hand lag auf Marthas Wange.
Maltino sagte leise: „Ihr seid wie ein Marienbild."

KAPITEL 9

Weihnachten ging vorüber und die Zeit lief weiter und weiter. Juliane hatte sich vollkommen verändert. Sie war eine strebsame Schülerin geworden. Zwar beschwerten sich ihre Freundinnen, dass sie so wenig Zeit mit ihnen verbrachte, aber Juliane ließ sich nicht umstimmen. Sie hatte nur ein einziges Ziel vor Augen, sie wollte ein exzellentes Abitur machen. Sie wollte Medizin studieren, sie wolle für ihre Tochter ein geachteter Mensch sein. Eine Mutter war sie nicht, sie war ja nur ein Kind, aber sie fühlte innerlich, wie sehr sie sich aus dem Kindsein fortschlich in die Verantwortung des Erwachsenseins. Sie stellte sich selbst Aufgaben und Ziele, sie arbeite und lernte, las und studierte weit mehr, als die Schule forderte. Die Unterrichtsstunden waren für sie Themengeber, die eigentliche Arbeit begann nach dem Unterricht. Täglich verbrachte sie viele Stunden am Nachmittag bei ihrer mütterlichen Freundin Hanna Schulte. Selbst Doktor Schulte fand sich häufig im Studierzimmer ein und interessierte sich für alles, was Juliane lernte. So wurde das Wissen sehr oft unmerklich in eifrigen Diskussionen besprochen, überdacht und gefestigt.

Hanna ließ längst die Kreuzworträtsel liegen. Jetzt rechnete sie wie in einem Konkurrenzspiel die Mathematikaufgaben aus, um sie dann mit ihrer jungen Freundin zu vergleichen. Sie las die Schulliteratur, begeisterte sich an Aufsatzthemen und vor allem an neuen Erkenntnissen in Biologie und Chemie.

Manchmal hörte man auch Musik im Hause des Arztes, dann spielte Juliane zur Entspannung mit der Violine, Hanna begleitete sie auf dem Flügel.

Julianes Vater war begeistert von der Wandlung seiner Tochter.

Ihre Lehrer lobten sie – ja, staunten, wie eine einzige Schülerin durch Ehrgeiz und massives Wissen eine ganze Klasse im Niveau heben konnte. Ihre Begeisterung an dem Unterrichtsstoff war motivierend, war die Aufforderung zum Mithalten.

Es war ja nicht nur eine äußerliche Wandlung Julianes, denn sie kam immer als gepflegte, sehr gut und modisch gekleidete junge Dame in die Schule, es war auch ihre Ernsthaftigkeit und der Respekt, den sie ihren Lehrern zollte. Letzteres wandelte das Benehmen all ihrer Klassenkameraden.

Julianes Mutter hatte längst eine interessante Arbeit gefunden. Sie war so fleißig und einsatzbereit, dass sie bald die Sachbearbeiterstelle einer älteren Kollegin übernehmen konnte, die ins Rentenalter gekommen war.

Die Familie Schwert traf sich nur noch zum Frühstück, zum Abendbrot und am Wochenende.

Den Haushalt führte eine junge, tüchtige Haushälterin, die wie ein fleißiger Hausgeist alle zu erledigenden Arbeiten sah, die auch selbst den Einkauf übernahm und wie eine gute Fee wirkte.

KAPITEL 10

Fast vier Jahre waren vergangen, seit Juliane jene verzweifelten Stunden erlebte. Sie hatte sich immer bemüht, daran zu denken, wenn sie die große Sehnsucht nach ihrer Tochter überfiel. Noch immer musste sie das Geheimnis hüten, konnte nicht mit ihren Eltern darüber sprechen und hätte das Kind so gerne bei sich. Alles Nachdenken führte immer wieder zu der einen Erkenntnis: Noch ist Rosalin bei Martha und Titin am besten aufgehoben. Es ist die Welt, in die ihre kleine Tochter geboren wurde, und es sind die Menschen, die ihr selbst halfen, weiterzuleben.

Hin und wieder kamen Briefe bei Familie Schulte an.
Jetzt lag auch neben Fotos eine erste Zeichnung von Rosalin dabei. Auf einem Heftblatt waren bunte Striche kreuz und quer gemalt, in der Mitte ein hutähnlicher Gegenstand.
Rosalin hatte Titin gemalt.
Juliane atmete tief ein, es war so schwer, das alles zu verkraften. Sie sah auf das Foto. Ihr kleines Mädchen lachte, blonde Locken kringelten um das zarte Gesicht. Ihre Statur war schlank, schon ein wenig dem Babyalter entwachsen, schon ein wenig ‚junge Dame'. Juliane drückte das Foto an ihren Mund. Sie zitterte. Sie hatte so eine unendliche Sehnsucht, ihr Töchterchen in die Arme zu nehmen! Doch sie hatte große Angst, dass ein Wiedersehen für sie zu viel würde, dass sie nicht mehr loslassen könne und ihr Durchhaltevermögen zu ständig großer Leistung zerstört würde.
Es kam der Tag: Juliane hatte ihr erstes Ziel erreicht.
Sie war mit brillanten Noten durchs Abitur gegangen, sie hatte

sich selbst die Türen für jedes Studium geöffnet, aber sie hielt an ihrem lang gehegten Plan fest, Medizin zu studieren.

„In zwei Tagen ist die Abschlussfeier", dachte sie. Die Eltern hatten sich für diesen Tag freigenommen. Hanna Schulte wollte selbstverständlich auch dabei sein, nur Dr. Schulte musste seiner Arbeit nachgehen, er konnte doch nicht einfach die Praxis schließen.

Juliane bekam von Hanna Schulte einen Anzug aus hellblauer Naturseide zur Zeugnisverleihung. Für den Abiturball würde sie zu der Jacke einen langen weißen Rock aus Naturseide tragen, der im unteren Teil als Glocke gearbeitet war.
Juliane umarmte ‚ihre Tante Hanna', die so viel Gutes in den letzten Jahren für sie getan hatte.
Dann kam die große Stunde der Verabschiedung der Abiturienten in der Aula des Gymnasiums.
Festlich gekleidete Menschen betraten den großen Saal. Die Abiturienten setzten sich in die ersten Reihen. Fast unmittelbar dahinter saßen nun auch das Ehepaar Schwert und Julianes Brüder, Klaus-Dieter und Gerhard, sowie Frau Schulte. Doktor Schulte kam doch noch. Er hatte sich einfach für eine kurze Zeit von der Praxis abgemeldet. Diese festliche, große Stunde wollte er nicht verpassen, fühlte er sich doch längst verwandtschaftlich verbunden.
Juliane wurde auf die Bühne gerufen, sie sollte die erste Geige spielen. Verwundert und überrascht nahm sie ihre Violine in Empfang. Der Musiklehrer dirigierte, hob den Taktstock und zart und gekonnt spielte Juliane das erste Solo, das Schulorchester setzte ein, Julianes Spiel wurde kräftiger.
Es war die Musik von Antonio Vivaldi aus den ‚Vier Jahreszeiten, Frühling'.

Hanna Schulte hatte Tränen in den Augen. Ihre Juliane saß da wie eine Konzertviolinistin und spielte – die Noten längst überflüssig – das Allegro, dann das Largo – klangrein und einfühlsam. – Die große Musik verklang.
Sekunden der Stille folgten, bis ein rauschender Applaus das Können der Schüler belohnte.

Der Dirigent ging auf Juliane zu, reichte ihr die Hand und

führte sie vor das Orchester. Juliane verneigte sich, und nochmals erntete sie Applaus und Hochrufe.

Ein Schüler trat vor, verbeugte sich und sang mit heller Knabenstimme das alte, von Generationen gesungene Lied ‚Freude schöner Götterfunken, Tochter aus Elysium' von Friedrich Schiller in der Komposition von Ludwig van Beethoven.
Es folgte die Ansprache des Direktors des Gymnasiums.
Juliane saß wieder bei ihren Mitschülern, sie schaute zum Pult auf der Bühne und sah den Redner an. Der neigte sich plötzlich in ihre Richtung und begann:

„Ihr lieben jungen Freunde, dies ist euer Ehrentag, dies ist euer Freudentag, dies ist aber auch euer Abschiedstag von dieser Schule und von einem wunderschönen Lebensabschnitt, der Schulzeit. Einen langen Weg sind wir gemeinsam gegangen, nun trennt er sich in alle Richtungen. Nehmt die Erinnerung an unsere Schule mit hinaus und gebührt diesem Gymnasium Ehre durch Fleiß, Zielstrebigkeit und ehrenhaftes Verhalten.
Ein erstes Fundament haben wir euch geschaffen, es liegt an euch, es zu festigen. Es liegt an euch, darauf zu bauen und jeder für sich – seine persönlichen Ziele im Auge – zu entfalten und erwachsen zu werden, die Verantwortung für euch selbst zu übernehmen. Viele von euch werden studieren, einige werden in die Welt hinausgehen, anderen können wir hier in unserer Stadt begegnen, aber allen wünschen wir einen ebenen Weg zum Erfolg."

Julianes Gedanken wichen ab. Die Worte der Rede klangen wie in weiter Ferne. Verantwortung – sie hörte Verantwortung.
„Man hatte ein Baby in einer Sporttasche gefunden, man fand eine Kinderleiche, man fand wieder ein ausgesetztes Kind. Wann hört das auf? Kann man nicht einfach das Kind zur Adoption freigeben? Aber ich habe es auch nicht getan. Alles lief einen Weg, wie ich ihn mir noch im Park damals, als ich nicht mehr leben wollte, nicht vorstellen konnte. Ich lebe! Ich bin nicht in den Tod gegangen. Es war Titin, dieser kleine Mann, es war einzig und alleine Titin, mein lieber Freund. Er hat in meine Augen gesehen und meine Gedanken gewusst. Wie konnte er es nur?
Es waren auch Onkel Kurt und Tante Hanna, die mich auf-

gefangen haben. Sie haben nie nach dem Vater des Kindes gefragt. Sie haben mich niemals damit gequält. Ich kann mich kaum noch erinnern. Ich weiß nicht mal mehr richtig, damals im September in der Kur, wie er aussah. Ich weiß nur noch, dass ich wie in einem Liebestrance war, ließ alles mit mir geschehen. Dann war es plötzlich vorbei. Der Junge ging. Wir haben uns hinterher nicht mal mehr angesehen.

Meine kleine Rosalin muss dafür büßen. Sie kennt ihre Mami nicht. Und ich kann sie nicht haben. Es ist wie eine Strafe.

Ich mache es gut, ja, ich habe Verantwortung für mein Handeln, ich mache alles gut. Mein lieber Titin, ich danke dir, dir und Martha!"

Juliane wurde wieder aufmerksam. Sie nahm die Rede des Direktors wieder wahr.

„Wir haben in dieser Schule eine ganz besondere Freude, denn wir dürfen einer Schülerin ein Zeugnis mit der Traumnote 1,0 überreichen. Es war einmal ein kleines Mädchen, was so gar nicht zurechtkam, dessen Leistung immer mehr absank, ein kleines in graue, dicke Pullover gehülltes Mädchen. Doch als die Ferien jenes Jahres vorüber waren, da war das graue Schwanenkind ein wunderschöner weißer Schwan. Wir Lehrer waren voller Bewunderung. Doch sollten wir uns noch mehr wundern, denn der weiße Schwan begann, sich für jedweden Lehrstoff zu interessieren, konnte gar nicht genug Wissen aufnehmen, konnte nicht genug lernen und lesen.

Es war wie ein Fieber, was nun umging. Wir Lehrer waren herausgefordert. Wir hielten mit – und jede Schulstunde in dieser Klasse war ein Traum für unsere ‚Paukerseelen'."

Hier endete der Direktor, denn ein großes Lachen erklang in dem Saal. Dann nahm er die Urkunden vom Pult und rief die einzelnen Schüler auf.

Zuletzt stand Juliane vor ihm. Er reichte ihr die Hand und sprach noch einmal ganz persönlich den Glückwunsch für ihre Zukunft aus. Aber statt eines glücklichen Lächelns sah man, dass Tränen auf ihr gerade überreichtes Zeugnis tropften.

Dr. Hans Schwert begann laut zu klatschen. Jetzt fielen auch die anderen Besucher und Schüler in den Applaus ein. Juliane wurde ganz verlegen.

Nun hielten einzelne Lehrer Ansprachen, und wieder erklang die Musik des Schülerorchesters, ein Medley bekannter Jazzmusik, der fröhlichen Stimmung gerecht werdend.
Die Feier war beendet.

„Ich habe es geschafft, jetzt gehe ich eine Stufe höher für dich, meine kleine Rosalin, du bekommst eine Mutter, auf die du stolz sein wirst. Ich verspreche es dir, ich lerne für dich, in jeder Minute denke ich an dich, nicht wahr, du weißt es", dachte Juliane. In diesem Moment überreichte ihr Dr. Schulte eine Zirkuskarte. Juliane sah auf die Karte und ihre Beine versagten ihr den Dienst. Dr. Schulte konnte sie gerade noch auffangen. Sie wurde sogleich nach Hause gefahren, doch der nahende Ball am Abend lenkte sie vorerst ab. Es ging ihr bald besser.

Welch ein wunderschönes Fest!
In einem großen Saal, über und über mit Sommerblumen geschmückt, tanzten die jungen Menschen nach modernen Klängen. Die älteren Herrschaften tanzten, wenn Walzer-, Foxtrott- oder Tangomusik erklang.
Juliane war ständig von jungen Herren umringt. Sie tanzte und lachte, aber sie gab niemandem den Vorzug.
„Wartest du auf den Prinzen, der dich in sein Schloss führen soll?", fragte ein Abiturient. Aber Juliane lachte nur übermütig und sagte zum Erstaunen aller: „Na klar, nur auf einen Prinzen!" Sie zeigte mit dem Finger auf ihren Vater und schwebte bald gekonnt im Walzerschritt über das Parkett.

Erst im Bett erinnerte sie sich an die Zirkuskarte. Ihr Herz begann zu klopfen. Ihre Gedanken malten tausend Bilder, bis der Schlaf sie in die Traumwelt führte:
Sie sah sich auf der Bank im Park. Wieder hatte sie ihren großen, grauen Pullover an, aber diesmal spielte neben ihr ein kleines Mädchen, sammelte Kieselsteine und reichte sie ihr.
„Werf sie immer hinter dich, wenn du weggehst, dann finde ich dich, dann muss ich nicht mehr nach dir suchen", sagte das kleine Mädchen und das Traumbild verschwand.

Am nächsten Tag erzählte sie den Traum ihrer Tante Hanna. Die sagte: „Es war die Freude über die Zirkuskarte. Wir kommen ja mit, es wird sonst zu aufregend für dich. Aber ich hatte auch einen eigenartigen Traum. Ich habe schon einmal so einen Traum geträumt: Wieder stand meine Freundin Mari, die ja nun schon so viele Jahre tot ist, an meinem Bett und zeigte zum Fenster. Als ich endlich aus dem Fenster sah, liefen zwei Jungs weg. Mein Blick war starr auf sie gerichtet, als könne ich ihnen das Umkehren befehlen. Sie drehten sich wirklich um und liefen mir in meine ausgebreiteten Arme. Ich hielt sie fest, ich wollte sie nicht hergeben, da wachte ich auf."

Der Sonntagnachmittag kam. Heller Sonnenschein strahlte über den Zirkusplatz. Die großen Versorgungswagen standen um das Zelt. Dicke Stromkabel führten unter einer Gummimatte ins Innere des Zeltes.
Noch hatte Juliane nicht die Wohnwagen der Zirkusleute entdeckt. Sie ging mit Familie Dr. Schulte die eiserne Treppe hinauf ins Zirkuszelt, um dann wieder zu den Logenplätzen hinunterzugehen. Es war dunkel im Zelt und die sonnenverwöhnten Augen mussten sich an die Dunkelheit gewöhnen.
Zwei Männer kletterten hoch hinauf zu den Scheinwerfern und buntes Licht erstrahlte.
Noch immer kamen Leute. Kinder quirlten herum. Es war eine aufregende Stimmung. Einige kleine Kinder weinten sogar.
Juliane saß mit dem Ehepaar Schulte ganz vorne direkt an der Manege des bekannten Zirkus.
Die große Bühnenwand, in der ein ovaler Raum für das polnische Orchester eingerichtet war, begann mit hellen Lichtstreifen zu leuchten. Das Orchester setzte mit flotter Marschmusik, modern inszeniert, ein. Es spielte perfekt und mitreißend.
Ein junger Dompteur in französischer Uniform mit eben solcher Standarte ritt, auf einem Schimmel stehend, in die Manege. Es folgten sechs Dromedare und sechs Schimmel sowie stolze, reinrassige Araberhengste. Mit brillanter Dressur fesselte der junge Könner sein Publikum. Die gelehrigen Pferde schienen die Dromedare in der Kür mitzureißen, denn dass Pferde und Dromedare gemeinsame Bewegungen, Drehungen und Gangarten praktizieren, dürfte wohl einmalig sein. Bald ordnete der Dompteur an, alle Tiere sollten sich verabschieden und dabei auf den Hinterbeinen – hoch erhoben die Körper – laufen. Juliane staunte.
Dromedare und Pferde waren kaum aus der Manege, schon trabten mit Marschmusik Ponys herein. Sie gehorchten per-

fekt und waren so nett anzusehen. Die kleinen Pferdchen stellten die Vorderbeine auf den Manegenrand, nur das letzte von ihnen tat das Gegenteil, dann gingen sie – die Kinder klatschten und lachten – am Rand entlang. Sie bekamen ein Zuckerstückchen dafür. Bald trabte ein geflecktes ,echtes' Zirkuspferd herein, dann ein Schimmel von herrlicher Statur. Auch er stellte sich hoch auf die Hinterbeine und ging graziös einige Schritte dem Dompteur entgegen. Hoch erhoben und stolz schritt der Schimmel dem Ausgang zu und folgte seinem Dompteur.

Ein winzig kleiner Clown rannte in die Manege, schob einen Puppenwagen vor sich her und machte die Leute durch lautes Lachen auf sich aufmerksam. Hinter dem Clown-Kind rannten in gleicher rotgrüner Hose, in buntkarierter Jacke, und, im Gegensatz zu dem kleinen, der eine Till-Eulen-Spiegel-Mütze trug, hatten die größeren Clowns schwarze Hüte mit einer langen Blume darauf auf dem Kopf.
Nun beugte sich der kleine Clown und berührte mit den Händen die Erde, streckte ein Bein in die Luft, rollte mit einem Purzelbaum ab und wiederholte sein Kunststück. Die beiden anderen Clowns machten alles nach. Das kleine Kerlchen begann zu singen, sang wie eine Operndiva mit großer Gestik ,Kommt ein Vogel geflogen'.

Jetzt war es für Juliane klar, das war ihre Rosalin. Sie war ja vier Jahre alt, sie war es! Und Juliane begann so sehr zu weinen, dass der kleine Clown – ihre Rosalin – zu ihrem Puppenwagen rannte, eine Windel herauszog und zu Juliane über den Manegenrand kletterte und ihr mit der Windel durchs Gesicht wischte. Dann lief das Clown-Kind wieder weg, schaute sich um, nahm einen übergroßen Lutscher aus dem Wagen, leckte daran und brachte ihn mit zusagendem Kopfnicken Juliane, die noch immer weinte.
Rosalin rannte schnell in die Mitte der Manege, stieg auf ein Podium, pustete in das Mikrofon und rief: „Sternenstaub!" Sie begann mit sehr hoher, klarer Stimme vollkommen melodisch zu singen: „Kommt ein Vogel geflogen, setzt sich nieder auf meinen Fuß, hat 'nen Zettel im Schnabel, von der Mutter einen Gruß..."
Titin spielte mit der Mundharmonika dazu. Maltino zog ein sehr großes rot kariertes Taschentuch aus der Hosentasche, es

flogen dicke Tränenstrahlen unter seinem Hut her. Titin holte seine Geige aus dem Puppenwagen, wiegte sie wie ein Baby im Arm und spielte. Maltino stand mit der Trompete neben ihm. Abwechselnd spielten sie Kinderlieder und Schlager. Sie bekamen viel Applaus.

Klein Rosalin hielt eine Triangel in der Hand und schlug den Takt dazu. Sie sah, dass Juliane noch immer weinte. Noch einmal lief sie zu ihr und brachte ihr ihren geliebten Schnuller. Dann rannte sie mit den beiden größeren Clowns hinaus.

Das Publikum klatschte. Die Nummer schien gelungen! – Doch es war gar keine Nummer. Es war das schmerzliche Wiedersehen, Wiederfinden der eigenen kleinen Tochter, die so unbedacht spielen konnte, da sie ihre Mutter nicht kannte.

Hanna legte den Arm um Julianes Schulter. Dr. Schulte schaute besorgt hin. Aber Juliane fing sich. Sie nahm Hannas Hand und fragte: „Können wir nach der Vorstellung zu Rosalin, zu Martha und Titin gehen?" Hanna nickte. Sie konnte nun auch nicht mehr sprechen, es war ein zu erregender Augenblick.

In der Manege bauten vier Männer in Windeseile ein Seil in Kopfhöhe auf. Eine junge, schlanke Seiltänzerin kam im Torerokostüm herein. Sie trug eine schmale, glänzende, schwarze Hose, ein rotes Bolero, darunter eine gleiche Weste und eine weiße Bluse. Sie ging im Tanzschritt über das Seil, spreizte die Beine zum Spagat, tauschte einen Fächer gegen einen Reifen und sprang auf dem Seil durch den Reifen. Ihr wurde ein Einrad gereicht und sicher radelte sie mit einer Stehpause in der Mitte des Seils zum anderen Ende. Sie wechselte die Schuhe in Spitzentanzballerinas und tanzte – sie hielt einen Fächer über den Kopf – über das Seil. Es war wunderschön anzusehen. Sie erntete großen Applaus.

Wieder kamen die Clowns. Zuerst spielte ein in elegantem silberschwarzen Kostüm auftretender Clown meisterhaft Trompete. Zwei weitere Clowns alberten herum, erfreuten die Kinder und liefen mit ihren großen Schuhen tollpatschig hinaus.
Die nächste Nummer folgte.
Vier Zebras trabten ins Zelt, danach sechs Kamele. Der junge

Dompteur verzauberte mit seiner Vorführung. Die Zuschauer staunten, vor allem als sich die Kamele an den Manegenrand legten und mit den Köpfen unmittelbar vor den Besuchern waren. Ein Lama sprang über die liegenden Kamele.

Zum Schluss dieser Tierdressur trottete ein zentnerschweres Nashorn herein. Selbst das erlaubte dem jungen Dompteur, auf ihm stehend zu reiten. Es war wirklich ein Erlebnis!
Doch es blieb keine Zeit zum Nachdenken.
Schon sprang mit graziösen Bewegungen eine junge Artistin im entzückenden schwarzen Hosenanzug mit Strass-Steinen an den Revers in die Manege und begann, mit roten Hüten zu jonglieren. Sie warf mit Bällen und Zigarrenkästen und erreichte mit gekonnten Drehungen zwischen Wurf und Fangen jeden Gegenstand.
Sie begeisterte nicht nur mit ihrer brillanten Darbietung, sondern auch mit ihrem eleganten Aussehen und nicht zuletzt — mit einem hübschen Gesicht und fröhlichem Lächeln.

Juliane war ganz hingerissen. Auch ihr Freund, der Doktor, war begeistert. Wieder sprangen die fleißigen Helfer in turnerischen Bewegungen herein, ewig geübt und jeder Handgriff gekonnt, spannten sie ein Netz über die Manege, ein Fangnetz für die waghalsigen Artisten aus Brasilien, die sogleich schlangenartig in hellen, bunt geflammten Kostümen über Strickleitern in die Kuppel des Zirkuszeltes kletterten. Den vier Artisten folgte eine junge Frau.
Dort in der Höhe auf Podesten begannen sie ihre Vorführung. Sie schwangen am Trapez, hingen mit den Knien daran, den Kopf nach unten, holten Schwung und begannen zu springen. Und Juliane sah zum ersten Mal perfekte Schrauben und einen dreifachen Salto hoch oben in der Zeltkuppel.
Zum Abstieg ließen sich die Künstler einfach in das gespannte Netz fallen, sprangen wie auf einem Trampolin hoch, erreichten das Trapez, schwangen und ließen sich endlich fallen, kamen über den Netzrand zum Boden zurück.
Ein rauschender Beifall folgte!
Jetzt war Pause.

Dr. Schulte ging mit seiner Frau hinaus. Juliane wagte es nicht. Sie blieb sitzen. Ihre Aufregung war zu groß. Ihr Herz klopfte.

„Nachher", dachte sie, „nachher gehe ich zu Titin und Martha. Jetzt geht es noch nicht."

Draußen schien die Sonne warm. Das helle Licht blendete einige Minuten lang. Die Augen hatten sich an die Dunkelheit im Zelt gewöhnt.

Titin kam angelaufen, machte eine Verbeugung und lachte übers ganze Gesicht. Noch immer hatte er sein Kostüm an und die dicke Schminke im Gesicht. Die rote Nase hatte er abgenommen, denn er biss herzhaft in einen Apfel.

„Guck mal, Clowns essen Äpfel!" rief ein kleiner Junge.

„Na, wenn das auch zum Staunen ist, dann können wir das ja mal allen Kindern vorführen!", rief Titin und verschwand hinter den Versorgungswagen.

„Aha, dort stehen die Wohnwagen, na, da haben wir ja noch einen aufregenden Besuch vor. Hoffentlich geht alles gut. Aber Juliane ist so gefasst. Sie ist großartig in ihrer Haltung. Sie ist zu bewundern. Eine andere Mutter hätte längst das Kind an sich gerissen und nicht mehr aus den Armen gelassen. Juliane weiß, wie sehr sie ihren – im wahrsten Sinne des Wortes – ‚Lebensrettern' Dank schuldet. Wie wird das alles einmal ausgehen, einmal wird ja doch die Wahrheit ans Licht kommen. Vielleicht ist dann auch wieder so ein Schutzengel zur Stelle", sagte Dr. Schulte leise zu seiner Frau.

Jetzt kam die Durchsage zum Pausenende.

In der Manege war der Raubtierkäfig aufgebaut und schon trotteten die weißen Tiger herein. Diese majestätischen Großkatzen ließen bei den Zuschauern Respekt aufkommen. Der weltbekannte Raubtierdompteur öffnete eine Seitentür am Käfig und ging mit zwei Peitschen in den Händen zu den großen Tieren. Und siehe da! Die kraftvollen Tiger gehorchten seinen Anweisungen. Sie richteten sich nach den Wünschen ihres Meisters auf den Podesten aus, schlugen mal mit der Tatze nach ihm, waren dann aber bereit, ihr Können zu zeigen; ja, sie machten sogar ‚Männchen' vor ihm. Aus dem Orchester erklang rhythmische Gitarren- und Flötenmusik.

Jetzt stellten sich die Raubkatzen zum Abschied am Käfiggitter aufrecht, die großen Köpfe hoch erhoben. Es war einfach gigantisch, großartig!

Zwölf Requisiteure kamen sportlich hereingestürmt – Männer aus Polen und Marokko – und bauten in Minutenschnelle den Käfig ab. Alles ging in Windeseile. Schon war Platz für die nächste Darbietung.

Noch einmal kamen die drei kleinen Clowns – vorweg Rosalin. Sie blieb in der Mitte des Zeltes stehen, versuchte einen Handstand, kippte im Purzelbaum um, stand lachend auf und half Titin, einen richtigen Handstand zu machen. Maltino sprang mit einem Salto über den weichen Sägemehlboden. Dann holte Titin unter seiner weiten Jacke die Stoffclowns hervor und nun spielten die lustigen Gesellen Ringelreihe mit den Puppenclowns. Die Kinder waren begeistert. Die Clowns liefen aus dem Zelt und winkten.

Juliane war erschrocken. Sie hatte nicht damit gerechnet, noch einmal ihr Kind zu sehen.

Als ein Podest aufgebaut wurde, fing sie sich wieder und staunte über den Artisten, der im Handstand treppauf und treppab lief. Sein kleiner Hund – ein Pudel – machte es ihm nach.

Aber das Hündchen konnte auch auf den Hinterbeinen die Treppe heruntergehen und lief, als sei es ein Zweibeiner, durch die Manege weiter, von einem Trommelwirbel begleitet.

Wieder kamen Clowns. Sie hatten ihre Kunst einst in der Moskauer Zirkusschule erlernt. Ihre Perfektion begeisterte. Jetzt sammelten sie Geld – scheinbar – in einer Schüssel. Es klapperte jedenfalls. Sie pflückten es auch von den Köpfen der nahe sitzenden Zuschauer.

In der Manege wurde ein Sprungturm und ein Wasserbecken aufgebaut, – nur, das Wasserbecken war ein Trampolin. Ein vollkommen betrunkener Clown – er spielte es – kam tollpatschig, fiel den Sprungturm herauf und herunter, rutschte an dem Geländer ab, drehte sich gekonnt, erschreckte immer wieder das Publikum, täuschte Stürze vor oder fing sich meisterhaft ab.

Dann der Sprung ins Becken!

Er landete unter dem Trampolin, kam auf der anderen Seite hervor und sprang endlich auf die federnde Fläche, sprang auf den Turm und machte allerhand gefährlich wirkende Vorführungen. Dabei alberte und blödelte er herum, und die Zuschauer dankten es ihm mit Lachen und tobendem Beifall.

Danach fuhr ein Zauberer auf einem Eselkarren in die Manege. Und sein Zauber war zwischen ‚vollkommen perfekt' und ‚tollpatschig', denn als dem Helfer ein weggezaubertes Kaninchen aus dem Tuch fiel, gab es viel Spaß bei den Zuschauern. Doch wie wurden weiße Tauben aus Kaninchen, wie wurde ein ganz kleines Kaninchen zu einem riesengroßen? Und dann: Er legte einer Dame aus dem Publikum einen Fuchskragen um und führte sie in die Manege. Dort stand unterdessen eine Kabine, in die der Zauberer die Dame hineinwinkte. Als sie wieder herauskam, hatte sie einen wundervollen Fuchspelz an. Der Kragen aber, den er ihr der Zauberer vorher umgelegt hatte, sprang als lebendiger Fuchs weg. Da warf die Dame den Mantel ab und – oh, Schreck! – Aus dem Mantel liefen mindestens zwanzig Frettchen zum Ausgang.

Der Künstler verneigte sich, und das erstklassige Orchester spielte mit Trompeten und Klarinetten Jazz-Musik wie ein Triumph zu all den Darbietungen.

Jetzt kamen alle Artisten und Requisiteure in die Manege und verneigen sich.

Das Spiel war aus! – Vorbei die Sensationen!

Die Zuschauer drängten zu den Ausgängen.

Hanna hatte die Hand von Juliane ergriffen, als müsse sie ihre junge Freundin führen.

Draußen vor dem Zelt stand Titin. – War es nicht Titin? – Denn plötzlich rief Hanna mit fast erstickender Stimme: „Manfred, Manfred, bist du es?"

Titin sah sie verwundert an und schüttelt mit dem Kopf.

Hanna wendete sich zu ihrem Mann, fasste ihn am Arm und sprach aufgeregt. „Das ist Manfred, Manfred Wernecke, der Bruder meiner Freundin Mari, du weißt, die sich das Leben genommen hat. Das ist ihr Bruder!"

Titin schüttelte mit dem Kopf.

Schon einmal war er verwechselt worden, aber diesmal fand er es doch sehr ungewöhnlich.

„Wir werden gleich über deinen Manfred sprechen, lass uns erst einmal mit Titin gehen. Siehst du nicht seine Ungeduld?", meinte Dr. Schulte.

Martha kam ihnen mit ausgebreiteten Armen entgegengelaufen: „Oh, meine Freunde, Juliane, Herr Doktor, meine Freunde, dass ich das erlebe, ein solches Glück, ein solcher Besuch!"
Hanna schaute verwundert auf die ältere Dame.

„Das ist also der gute Engel, die Omi Martha unserer kleinen Rosalin, die gütige Frau, die mehr vom Leben versteht, als es sich nur einer vorstellen kann. Sie muss eine Seele sein. Sie hat die Gabe, Schicksale zu leiten, – ins Glück zu leiten", ging es Hanna durch den Kopf. Und schon lief sie, sie war über sich selbst verwundert, der Frau in die herzlich ausgebreiteten Arme. Sie begrüßte keine Fremde.

Neben dem Wohnwagen war ein Tisch gedeckt. Hier wurden Gäste erwartet, das war sichtbar!
Hanna konnte kaum glauben, was sie sah. Aus dem nahe aufgestellten Wohnwagen kam noch ein Titin, wer war es?
Sie sagte nichts mehr. Sie setzte sich und beobachtete die herzliche Begrüßung.
Plötzlich schaute aus dem Wohnwagen ein kleines Mädchen im Nachthemd heraus.
„Rosalin, meine Rosalin!", rief Juliane freudig und lief zu der Kleinen, um sie auf den Arm zu nehmen. Rosalin schmiegte sich an Juliane, als würde sie sie längst kennen.
Alle setzten sich – schweigend – an den Tisch. Juliane hielt Rosalin noch immer auf dem Arm.
Doch nun wollten alle auf einmal reden. Martha lachte herzlich und teilte wie bei einer Talkshow die Redner ein.
„Herr Doktor Schulte, bitte!"
„Liebe, gute mütterliche Freundin, liebe Frau Martha‚– ach, entschuldigen Sie die so persönliche aus dem Herzen kommende Anrede, bitte stellen Sie uns die beiden Herren vor, es verwundert uns sehr, dass Titin doppelt ist." Er schaute mit einem verschmitzten Lächeln auf die kleinen, so gleichen Männer. Martha begann zu erzählen.
Sie saßen still in der Sommerabenddämmerung. Eine Kerze flackerte auf dem Tisch. Das Essen war unberührt.
Martha erzählte von dem Findelkind, von dem Glück, das nach dem Unfall ihres Mannes wieder in ihr Heim kam. Sie berichtete von Menschen, die ihr halfen, von der ärmlichen Kleidung des Kindes, was in jenen kalten Februartagen des Jahres

1955 auf den Stufen ihres Wohnwagens lag. Sie erzählte von der halben Decke und dem Zettel mit dem einzigen Wort, dem Namen Martin.

„Damals", sagte Martha, „damals waren wir im Winterquartier in Westberlin."

Es folgte eine Pause. Alle sahen zu Rosalin. Sie war auf Julianes Armen eingeschlafen.

Martha stand auf und trug die Kleine in den Wohnwagen.

Als sie wieder an den Tisch kam, alle hatten ihr nachgeschaut, war noch immer erwartungsvolle Stille.

Martha sprach weiter: „Titin wusste nichts von seinem Zwillingsbruder, aber es kann nur ein Zwillingsbruder sein. Vor einiger Zeit kam ein neuer Gastartist und rief Titin mit dem Namen Maltino. Titin war erstaunt und verwundert, aber ein Maltino war er nicht. Der fremde Mann wurde fast böse. Nach längerer Zeit mussten wir alle sehr staunen, denn Maltino war auch ein Findelkind wie mein Titin. Man hatte ihn auf der Treppe des Friedrichstadtpalastes in Ostberlin gefunden, ebenfalls in jener kalten Februarnacht. Auch Maltino hatte nur eine halbe Decke um, das Gegenstück zu Titins Decke. Wir besitzen sie noch. Und Maltino hatte einen Zettel mit der gleichen Handschrift und auch nur einem Namen: Malte. Der Wachmann, der das Kind fand, brachte es den Artisten, und ein älteres Ehepaar zog den Jungen auf. Die alten, lieben Leute waren ihm gute Eltern. Er denkt so herzlich an sie. Es ist gar kein Wunder. Mein Titin war zu jeder Stunde mein Glück, auch ich dachte immer, er ist ein Geschenk des Himmels. Aber unser Glück wurde vollkommen, als wir unsere kleine Rosalin bekamen. Ich bin etwas in Sorge. Das liebe Ehepaar aus Jugoslawien, das das Kind als sein eigenes anmeldete, ging in die Heimat zurück. Sie ließen uns eine schriftliche Vollmacht für Rosalin hier, mit der Begründung, das Kind sei zu klein für eine Reise in ein unsicheres Land. Wir haben von den Bossic nichts mehr gehört. Die Kriegswirren auf dem Balkan lassen keine Post durch, vielleicht ist ihnen auch etwas passiert. Möge Gott sie behüten!

Was wird aus der Kleinen mal werden, wird man sie Titin lassen, wird er es je dulden, dass Juliane einstmals das Kind zu sich nimmt? Ach, es sind so viele Fragen.

Aber heute ist heute, heute feiern wir ein Wiedersehen!"

Martha schenkte Wein ein und hob das Glas, aber im gleichen Moment stellte sie es wieder weg und rief vor Schreck: „Liebe Frau Schulte, sie weinen, sie weinen, es ist doch ein Fest!"

Hanna schüttelte mit dem Kopf und sagte fast unhörbar mit belegter Stimme:

„Meine Schulfreundin, meine beste Freundin Mari, wir wohnten damals noch im Osten Berlins, in Lichtenberg, meine Freundin ist im Februar 1955 in die Spree gegangen. Man fand sie erst nach dem Eisgang. Sie hatte ein Kind erwartet. Sie war erst sechzehn Jahre alt. Ihr Freund muss ihren Bruder Manfred mal gesehen haben. Manfred war auch kleinwüchsig. Da hat dieser angebliche Freund, dieser teuflische Mensch gesagt, er erkenne das Kind nicht an, es könne auch so ein Zwerg werden wie ihr Bruder und hat sie allein gelassen."

Hanna schluchzte noch einmal auf, dann nahm sie das Taschentuch und hielt es sich vor den Mund, mit weinerlicher Stimme sprach sie weiter: „Ich hatte geträumt, zwei Jungen wären mir in die Arme gelaufen, es war dieser aufregende Traum."

Titin war aufgestanden, liebevoll legte er seinen Arm um Hannas Schultern und sagte leise: „Ich weiß gar nicht, was ich sagen soll, mein Herz klopft vor Aufregung. Vielleicht gibt es einen Zusammenhang, vielleicht werden wir von unserer leiblichen Mutter, von unserer Familie hören?"

Hanna zog Titin an sich und drückte ihn wie ein eigenes Kind. Da schaltete sich Dr. Schulte ein: „Du hast doch noch dein Fotoalbum, da sind Bilder von deiner Freundin drin und sogar eine Haarlocke. Bei unserem Wissensstand ist es ganz einfach, das Erbe zu bestimmen."

Hanna rief aufgeregt: „Mein Gott, im Traum hatte Mari auf den Bücherschrank gezeigt, sie wollte mich erinnern."

Sekunden vergingen in nachdenklicher Stille.

„Aber nun, ihr Lieben, nun lasst uns anstoßen, lasst uns die glückliche Fügung feiern!"

Dr. Schulte unterbrach die Traurigkeit.

Es war Mitternacht, als Juliane endlich im Bett lag. Der Schlaf kam nicht. Noch zwei Tage gastierte der Zirkus in der Stadt. Am nächsten Tag sollten sie und Hanna Rosalin abholen. Noch acht oder neun Stunden, dann würde sie wieder das kleine Händchen in ihrer Hand spüren. – Nur noch acht Stunden!

Die Sonne lachte ins Fenster. Juliane stand sehr früh auf. Ihre Mutter saß am Frühstückstisch, sie würde nun gleich zur Arbeit fahren. Der Vater war schon unterwegs. Noch war Unterricht. Nur die Abiturienten waren schon mit der Schule ‚fertig‘.

Juliane zog sich eine weiße Hose an, dann wechselte sie zu einer Jeans. „Vielleicht ist es praktischer, falls Rosalin auf einen Spielplatz will", dachte sie.

Hanna kam mit dem Auto und holte Juliane ab. Am Zirkuseingang stand Rosalin an der Hand von Martha. Rosalin riss sich los und rannte auf Juliane zu. „Ich darf mit euch gehen, ich darf in die Stadt gehen!", rief sie atemlos. Martha winkte. Rosalin sollte am Abend wieder zu Hause sein.

Hanna brachte das Auto zu sich in die Garage, vielleicht brauchte ihr Mann es. Die Innenstadt war nicht so weit. Sie konnten mit der U-Bahn fahren.

Für Rosalin war alles neu. Sie hatte ihre Zirkuswelt noch nicht verlassen. Zwar war sie mal in einer kleinen Stadt in ein nahe gelegenes Geschäft gegangen, um einige Kleidungsstücke anzuprobieren, aber in Hamburg gab es doch so viel zu sehen!

Glücklich und lachend gingen die ‚drei-Generationen-Damen‘, die kleine Prinzessin in der Mitte, durch die Geschäftsstraßen. Rosalin hüpfte manchmal im Hopsa-Schritt, manchmal sang sie vor sich hin mit ihrer so reinen, hellen Stimme. Plötzlich blieb Rosalin wie angewurzelt vor einer Eisdiele stehen. Auf dem Bürgersteig waren Tische aufgestellt, und zwei Damen bekamen gerade einen großen Eisbecher serviert.

„Oh, was kriegt ihr so Schönes, was ist in dem Glas, warum ist da ein Schirmchen drauf, kann man das essen?", fragte sie begeistert die fremden Damen. Die sahen erstaunt zu dem Kind, das in dem roten Dirndlkleid wie aus längst vergangenen Zeiten zu kommen schien.

„Kennst du keinen Eisbecher, du kleine Maus?"

„Nein", antwortete Rosalin, „Eis sieht bei uns ganz anders aus."

Hanna Schulte kannte die Damen und es begann sogleich ein freudiges Gespräch. Hanna bestellte Kaffe und natürlich einen Eisbecher für Rosalin. Juliane wollte nichts bestellen, sie fürchtete, Rosalin war mit der Eisportion überfordert.

Das erste Stadterlebnis war geglückt. Es folgten noch viele ‚Staunmomente‘.

Hanna bestand darauf, ein teures Kindergeschäft aufzusuchen. Hier unterhielt Rosalin, die ja an Publikum gewöhnt war, das ganze Haus. Als sie in einem perfekten Jeansanzug erschien, erbot sie sich, hoch oben auf der Treppe für alle Leute zu singen. Sie stimmte an – einfach so. Sie sang mit ihren vier Jahren so wunderschön, dass selbst der Geschäftsführer ganz gerührt war und ihr einen Schmetterling fürs Haar überreichte.

Hanna kleidete das Kind ein. Es fehlte nichts. Rosalin bekam sogar einen Winteranorak als ‚Vorsorge‘ und Winterschuhe. Aber erst einmal sprang sie glücklich in einem wunderschönen Kleid mit neuen Lackschuhen herum.

„Sing uns noch ein Lied, bitte", bat der nette Herr, der ihr den Schmetterling geschenkt hatte.
Rosalin sang unbefangen „Wenn ich ein Vöglein wär'.."
Die Leute klatschten.
Rosalin zuckte mit den Schultern und dachte: „Na gut, war eben eine neue Nummer."

„Wir wollen jetzt in ein Restaurant gehen und etwas essen, was hältst du davon, Rosalin, bist du nicht auch schon hungrig?"
„Oh, ja, wir essen Nudeln!" jubelte Rosalin. Hanna und Juliane mussten lachen.

Juliane war so stolz. Das Kind war weder vorlaut noch zappelig, es war wirklich fröhlich und dabei so artig, einfach eine Freude! Auch Hanna war von dem kleinen Mädchen begeistert.
Rosalin bekam Nudeln mit Tomatensoße, und die Tischdecke blieb vollkommen sauber. Rosalin bekam auch Schokoladenpudding, der Kellner war erstaunt über den Wunsch.

Als sich die Damen etwas ausgeruht hatten, bummelten sie wieder durch die Stadt.
Plötzlich ging Rosalin nicht weiter. Sie stand wie versteinert vor einem Spielzeuggeschäft. Ihr Blick war starr auf einen Gegenstand gerichtet. „Was siehst du denn da?", fragte Hanna.
Rosalin zeigte mit dem Finger und rief aufgeregt mit atemstockender Stimme: „Da, da so eine Puppe, die Puppe, diese da! So eine schöne Puppe! Seht doch mal hin, die mit dem hellblauen Kleid und den Zöpfen!"

„Hast du keine Puppe?", fragte Juliane.

„Ich habe doch den Clown, das ist aber keine Puppe", meinte Rosalin. Hanna winkte Juliane zu: „Komm, das wird eine Freude!" Sie sagte es ganz leise zu Juliane.

Sie gingen in den Laden.

Rosalin stürmte zu dem Mädchenspielzeug. Da stand sie nun wie verzaubert vor den vielen verschiedenen Puppen, schaute hierhin und dorthin, bis sie mit sicherem Blick jene aus dem Fenster erkannte. Sie griff danach und jubelte: „Da bist du ja, ich habe dich gefunden, ich gebe dich nie wieder her, du gehörst mir, da kann jeder schimpfen und nein sagen, du gehörst mir, du bist mein Kind!"

Juliane und Hanna standen erschrocken da, sie hatten solche Worte nicht erwartet. Es wären Gedanken der jungen Mutter Juliane gewesen; es wäre zu erwarten gewesen, dass sie genau das gestern schon gerufen hätte, als sie ihre Tochter wiedersah. Aber Juliane hatte es nicht einmal gedacht. Sie war nur glücklich, ihr Kind zu sehen. Sie war glücklich, wie lieb man Rosalin hatte, und sie dachte daran, wie sie die spielenden Kinder bei Titin erlebt hatte, als sie selbst so voller Kummer war.

Und an Morgen wollte sie nicht denken. Sie wollte nur daran denken, ihrem Leben einen Erfolg zu geben. Dann, ja dann – die Zukunft – sie hoffte auf eine gute Zukunft.

Juliane schüttelte die Gedanken weg und sah auf das kleine Gesicht ihrer Tochter, eine Falte zwischen den Augen deutete die Ernsthaftigkeit der kleinen ‚Plapperschnute' an.

Lachend holte Hanna eine Verkäuferin. Und dann fragte sie: „Sagen Sie bitte, junge Dame, wie kann es sein, dass so ein kleines Mädchen hier im Laden eine Puppe als ‚ihr Kind', erkennt? Wie kann man denn so ein Problem lösen?"

Die Verkäuferin verstand, was Hanna versteckt sagte und meinte: „Na, kleines Mädchen, da ist es ja ein großes Glück, dass du dein Kind hier wiedergefunden hast. Da wirst du wohl mal mit deiner Mutti verhandeln müssen."

„Das ist nicht meine Mutti, ich habe keine Mutti, ich habe nur eine Omi und Titin. Kann man auch eine Mami kaufen, ich wünsche mit so sehr eine Mami."

Verwundert sah die Verkäuferin zu den beiden Damen und entschuldigte sich, sie verstand das alles nicht. Juliane hielt

Hannas Hand erschrocken fest. Ihr Herz klopfte. Hanna löste die Situation. „Also, kleine Rosalin, dies ist dein Kind? Na, denn mal los zur Kasse, hier müssen Kinder bezahlt werden." „Und ich darf die Puppe haben, für immer, auch für ganz lange und immer?", fragte Rosalin.
Alle waren gerührt.
„Nun wollen wir zu Omi Martha gehen", sagte Rosalin mit Bestimmtheit.

Hanna und Juliane konnten das verstehen. Sie gingen mit dem Kind zur U-Bahn und fuhren zum Zirkus hinaus.

Juliane und Hanna warfen noch einen letzten Blick auf das schlafende Kind. Seine neue Puppe hatte es eng an sich gedrückt.

Sie vereinbarten mit Martha, auch am nächsten Tag einen ‚Glückstag' für Rosalin zu gestalten.

Diesmal stand Rosalin in ihrem neuen Jeansanzug am Zirkuseingang. Als die Damen kamen, löste sie sich von Marthas Hand, winkte und rannte den beiden entgegen.
„Heute wollen wir den Hafen besichtigen", sagte Hanna.
„Ich möchte aber viel lieber mal in ein richtiges Haus gehen, in so eins, wie sie in der Stadt stehen, in so ein ganz großes. Es ist vielleicht dort drinnen so wie in dem Geschäft oder in dem Haus, wo wir gestern gegessen haben."

Hanna verstand den Wunsch der Kleinen. „Wollen wir mal das Haus von Herrn Doktor Schulte besichtigen?"
„Dürfen wir das?", fragte Rosalin. Hanna lachte und meinte, da habe sie auch noch etwas zu sagen.
Sie fuhren zu Schultes Haus. Der Arzt hatte die so schnell von den Unternehmungen zurückgekehrten Lieben erkannt und kam aus der Praxis.
„Da können wir ja mal gleich einen Gesundheitsscheck machen sagte er." Rosalin hatte nichts dagegen. Es war alles so interessant. Sie kannte Dr. Schulte schon lange.
Rosalin wurde gemessen, gewogen und musste eine große Mücke auf einem Armreifen auf ihren Arm streifen. Dahinter kam die Spritze zum ‚Piekeinsatz'.

Dr. Schulte wollte das Blut untersuchen lassen. Dann durfte die olle große Mücke wieder abgenommen werden. Der Arzt schenkte sie der kleinen braven Patientin. Rosalin bekam nicht nur ein Pflaster auf den Arm, sondern auch ein wunderschön buntes auf den Handrücken.

Von der Praxis ging es zurück in die Eingangshalle. Oben an der Decke hing eine große hölzerne Kogge. Rosalin betrachtete das Schiff von allen Seiten. Dann staunte sie über die weiße Marmorwendeltreppe, die sich im weiten Bogen zu dem Wohnbereich hinaufschwang.

„Das ist wie eine Bühne, hier kann man schöne Nummern spielen", sagte sie begeistert.

Hanna machte die große Tür zum Wohnzimmer auf. Helles Sonnenlicht fiel in die Fenster.

„Ist das hier groß, ist das hier schön, man kann ja hin- und herlaufen, man kann um den Tisch laufen, da ist ein Fernseher, – ach, ist so ein Haus schön!", rief Rosalin begeistert und klatschte vor Freunde in die Hände.

Jetzt musste Rosalin aber alle Räume sehen. Sie wollte Bücher ansehen, aber es gab keine Bilderbücher. Zwar waren in Tier- und Gartenbüchern Bilder, aber die interessierten Rosalin nicht sehr. „Wir gehen jetzt in die Küche und kochen alle zusammen das Mittagessen", schlug Hanna vor.

„Aber ich möchte Schokoladenpudding kochen, das kann ich, das mache ich auch bei Omi Martha alleine." Erstaunt sah Juliane zu dem Kind. Hanna nickte ihr freundlich zu.

„Das ist so schön bei euch, Tante Hanna, darf ich mal wiederkommen, wenn der Zirkus in Hamburg ist?" Hanna war gerührt. „Natürlich darfst du kommen, wir werden so sehr auf dich warten, wir werden immer auf dich warten!", antwortete Hanna. Rosalin nickte mit strahlenden Augen.

„Juliane, wo schläfst du, wo ist dein Bett?", war Rosalins Frage.

„Heute Nachmittag gehen wir zu uns", antwortete Juliane. „Ich wohne nicht bei Tante Hanna, ich wohne bei meinen Eltern, und mein Bruder Klaus-Dieter wohnt auch da. Gerhard, mein zweiter Bruder, kommt zum nächsten Semester von Berlin zurück nach Hamburg. Er will hier in Hamburg an der Uni Medizin weiter studieren."

Rosalin fragte und fragte. Sie staunte über alles in der Wohnung, über alles in den Schränken und war in ihrer Neugier kaum zu befriedigen.

Plötzlich stand sie vor Juliane und sagte bestimmt: „Wir müssen Blutsbrüderschaft machen. Die Indianer tun das auch. Dann bis du für immer mein Freund, Juliane, dann weißt du immer, was ich denke und auch immer, wenn ich traurig bin."

Juliane war erstaunt und sagte: „Wenn Onkel Kurt nachher nach oben kommt, bringt er einen Piekser mit, dann machen wir das, meine kleine Rosalin, dann sind wir immer Blutsfreunde – für immer!"

„Der Tisch muss gedeckt werden, kann da jemand helfen?", rief Hanna. „Oh, ja, ich decke den Tisch. Wo sind die Teller?", gab Rosalin zur Antwort.

„Kannst du denn die Teller tragen? Sie sind sicher zu schwer für dich." Hanna stellte sie auf den Küchentisch.

„Aber warum soll ich denn die Teller tragen, die stehen ja schon auf dem Tisch." Rosalin wunderte sich.

„Wir essen aber nicht in der Küche, wir essen im Speisezimmer", entschied Hanna.

„Habt ihr auch ein Speisezimmer, das ist aber komisch. Wir haben nur den Wohnwagen, da ist alles in einem Zimmer", meinte Rosalin verwundert.

Bald war der Tisch gedeckt. Eine Kerze brannte festlich. Weingläser spiegelten den Schein wider.

„Feiern wir jetzt Weihnachten, Tante Hanna?"

Hanna lachte und erkannte sehr wohl den Grund der Frage. Aber zum langen Erklären blieb keine Zeit.

Dr. Schulte kam aus der Praxis und sagte freudig: „Ist das eine Überraschung heute, ein so schöner Tisch und liebe Gäste! Dann bringt mal herein, was die Küche zu bieten hat!"

„Onkel Doktor, es ist so gemütlich und alles schmeckt so gut. Ich wusste gar nicht, wie man in den Häusern wohnt. Ich werde aber Omi Martha alles erzählen, damit sie sich auch so freut." Rosalin begeisterte alle mit.

„Ja, toll, – was gibt es denn heute für einen seltenen und so erinnerungsreichen Nachtisch?", entfuhr es Dr. Schulte.

„Das ist doch Schokoladenpudding, den habe ich gekocht, weil ich das kann. Den mag ich so gerne! Du auch?", plapperte Rosalin fröhlich und schaukelte dabei mit den Beinen.

„Ich glaube, heute wohnt hier der Sonnenschein, es ist ja doch eine große Freude, mal so ein kleines Mädchen zu Besuch zu haben." Dr. Schulte sagte es fast gedankenverloren.

Am frühen Nachmittag, der Abwasch war fertig, Rosalin hatte beim Abtrocknen geholfen, gingen Hanna, Juliane und Rosalin zu Schwerts.
Rosalin stand begeistert vor der Villa. „Oh, du hast auch so ein großes Haus, hast du auch einen Vati, du hast es nicht gesagt, sind deine Eltern Mutti und Vati, wie geht das bei euch?" Rosalin plapperte ohne Luft zu holen.
Die große geschnitzte Tür wurde geöffnet. Frau Schwert war zu Hause und hatte die Besucher schon kommen sehen. Sie schaute auf das Kind und brachte kein Wort heraus. Sie hielt sich die Hände vor den Mund und schüttelte mit dem Kopf. „Juliane, wer ist dieses Mädchen? Mein Gott, sie sieht ja genauso aus wie du in diesem Alter. Ich kann es nicht glauben!"
„Aber Mutti, Rosalin ist meine neue, kleine Freundin aus dem Zirkus. Wir haben Blutsbrüderschaft gemacht. Nun sind wir immer Brüder – oder sind wir Schwestern, Rosalin, was meinst du?" Juliane drehte sich lachend zu dem Mädchen.

„Jetzt kommt erst einmal herein, wir können leckeren Kuchen essen, ich war vorhin beim Bäcker." Frau Schwert ging mit diesen Worten ins Haus zurück. Rosalin hatte keine Zeit zum Kuchenessen. Sie musste erst alle Zimmer bestaunen und kam zuletzt in Julianes Zimmer. Dort blieb ihr Blick an einem Kinderbild haften und gleich fragte sie: „Wo war ich da?"
„Das bin aber ich, als ich klein war. Das bist du gar nicht, glaubst du mir das?" Juliane sah ihre kleine Tochter glücklich an, während sie das sagte. „Wenn wir Kaffee getrunken haben, gehen wir auf den Boden und kramen in den alten Schränken mein Spielzeug heraus. Wollen wir das?" Juliane machte diesen verlockenden Vorschlag. Wieder war Rosalin artig und geduldig. Sie hatte wirklich ,Zuckerseiten'.
Hanna blieb bei Gisela Schwert sitzen. Sie hatten sich viel zu erzählen. Hanna sprach von dem Zufall, dass die beiden Brüder im Zirkus eventuell die Söhne ihrer Freundin sein könnten.
Sie erzählte viel, aber über Julianes Tochter blieb noch immer der Mantel des Schweigens.
Rosalin jubelte immer wieder auf, man hörte ihre helle Stimme

vom Boden her. Juliane hatte so viel Spaß. Endlich kamen beide mit einem Puppenbett die Treppe herunter. „Das brauche ich", sagte Rosalin, „das ist für meine neue Puppe."

Rosalin saß nun ganz still neben Frau Schwert. Sie lehnte ihr Köpfchen an und die Augen fielen zu. Frau Schwert war gerührt. „Dieses Kind", sagte sie flüsternd, „dieses Kind sieht genauso aus wie Juliane, ich kann es gar nicht begreifen. Kein Wunder, dass Juliane sie zu ihrer Freundin auserkoren hat."

Rosalin schlief lange. Sie störten keine Geräusche. Sie kannte es in dem Wohnwagen nicht anders. Plötzlich schlug sie die Augen auf und fragte: „Juliane, darf deine Mutti auch meine Mutti sein? Ich wünsche mir so eine Mutti, ich möchte auch so gerne Mutti sagen – wie du. Darf ich das?"
Frau Schwert nickte gerührt. Sie musste sich sogar verstohlen über die Augen wischen.
„Ja, mein goldiges Mädchen, sage auch Mutti zu mir. Ich möchte aber auch so ein wenig Mutti sein, zum Beispiel möchte ich mein Mädchen abends baden...." Frau Schwert kam nicht weiter, denn Rosalin sprang auf und rief: „Meinst du da im Badezimmer in der großen Badewanne, ist da auch warmes Wasser, wie geht das, musst du keine Wanne voll gießen, komm schnell, wir wollen baden, darf ich das?"

Hanna und Gisela Schwert gingen lachend mit. Juliane räumte den Tisch ab, lief noch mal auf den Boden und holte einige Schwimmenten und eine Gießkanne.
„Rosalin hat sicher noch nicht in einer Badewanne gesessen", meinte Hanna, „daran haben wir gestern gar nicht gedacht. Aber das wäre auch zu viel geworden. Das Kind wird ja ganz aus dem Alltag genommen."

Rosalin genoss das Bad, genoss das Abrubbeln und die Fürsorge. Und plötzlich sagte sie ganz kleinlaut: „Ich will nach Hause."

Martha empfing sie glücklich und berichtete: „Morgen bauen wir ab, es geht weiter. Ich will gerne immer die Adresse und den Spielplan an Sie senden. Es wird gut sein, das Kind langsam an ein Leben außerhalb des Zirkus zu gewöhnen. Titin wird es einsehen. Eine Schule – nicht viele Schulen – ist wichtig. Aber es sind noch zwei oder drei Jahre Zeit. Ich freue mich so, dass unsere Kleine auch von Ihnen so behütet wird. Schreibt Rosalin nur recht oft, dann festigt sich das Band. Morgen, Juliane, morgen könntest du herkommen, da ist es für die kleine Wilde besser, wenn sie eine Aufsicht hat. Die Leute hier müssen schwer arbeiten. Sie können die Augen nicht überall haben. Unsere Maus wird sich freuen.

Lebt wohl, habt Dank! Ich fühle, Sie sind auch meine Familie, habt Dank dafür. Ach, ich darf nicht vergessen: Wenn Doktor Schulte das Blut der Jungs bestimmen lassen möchte, schreiben Sie uns, was wir tun müssen. Da wäre noch eine Bitte: Die Bilder der Freundin Mari, liebe Frau Schulte, könnten Sie uns die kopieren? Wenn es Wahrheit ist, dass Titin und Maltino die Kinder ihrer Freundin sind, meine Jungs würden vielleicht doch die Familie suchen, auch wenn sie keine Mutter mehr vorfinden werden. Sie denken neuerdings über ihre Wurzeln nach und – Frau Schulte, Sie sprachen von dem Bruder ihrer Freundin, von Manfred. Ich hatte ganz vergessen, nach der damaligen Adresse zu fragen. Die Jungs wollen ihn finden. Er müsste so zwischen fünfzig und sechzig Jahre alt sein, er war doch etwas älter als Sie. Vielleicht leben doch noch Verwandte. Vielleicht findet man in den Archiven der Zeitung etwas über den Februar 1955.

Maltino hatte eine schöne Kindheit bei seinen sehr alten Pflegeeltern. Sie leben ja leider nicht mehr. Wie froh er war, seinen Bruder hier zu finden. Und wäre es nicht sein Bruder, man könnte es ihm nicht mehr ausreden. Die beiden fühlen sich wie Brüder, als hätte einer auf den anderen gewartet. Es ist so erstaunlich. So oft haben sie die gleichen Gedanken, die gleichen Ideen. Ich bin glücklich, so muss mein Titin niemals mehr einsam sein, auch nicht, wenn ich von dieser Welt abberufen werde." Martha hatte lange gesprochen.

Hanna versprach: „Liebe Martha, ich schreibe Ihnen, schicke Ihnen die Bilder, suche alles heraus, was noch an Daten und Andenken da ist. Ich werde alle meine Erinnerungen notieren. Dann bekommen Sie auch die Röhrchen zur Blutentnahme, die Sie dann bitte uns zusenden. Mein Mann wird sich um die DNA-Feststellung kümmern."

Jetzt wandte sich Martha nickend ab und ging in den Wohnwagen. Sie war sichtlich erregt. Das Leben hatte ihr so viele

Aufgaben gestellt. Sie war immer bereit, jede Schwierigkeit zu meistern. Sie war ganz einfach eine gute Fee.

Hanna und Juliane störten nicht mehr. Martha wollte sicher jetzt alleine sein.

KAPITEL 11

Juliane lebte fortan in Erinnerung an ihre kleine Tochter. Sie hatte jede Bewegung des Kindes, jedes Lächeln, jedes Wort, jede Freude und Emotion wie einen Film, den man so gerne gesehen hat, in ihrem Gedächtnis aufbewahrt. „Für dich werde ich leben, meine kleine Rosalin, nur für dich. Für dich werde ich lernen und streben, für dich werde ich allen Fleiß aufbringen, alles für dich, meine Rosalin!", dachte Juliane immer und immer wieder.

Sie konnte in den vielen Lernstunden Ablenkung finden. Ihr Interesse an der Medizin wuchs mit jeder Vorlesung. Ihr Fleiß und ihr Eifer fielen bald den Professoren auf und brachten ihr Sympathie. Jede Wissenshaft interessierte Juliane: Biologie, Physik, Chemie und vor allem Anatomie.

In der Bibliothek ihrer elterlichen Freunde fand sie alle Sach- und Fachbücher, um die Themen bis ins Detail zu studieren. Sie verbrachte Stunden dort, und begeistert nahm Hanna Schulte an den Studien teil. Sie diskutierten und vertieften ihr Wissen gemeinsam. Es waren Zeiten der Begeisterung für zwei Menschen so unterschiedlichen Alters.

Dr. Schulte schaute hin und wieder bei den ‚Studiosi‘ vorbei. Oft konnte er praxisnahe Vorgänge erklären. Die Damen hörten gerne zu.

Nicht nur Juliane, sondern auch Hanna hatte einen neuen Lebensinhalt gefunden. Hanna war ‚ordentlich jung‘ geworden, wie Dr. Schulte einmal bemerkte. Manchmal nahm sie sich Zeit und begleitete Juliane in die Universität zu den Vorlesungen. Einige Professoren kannte sie, da sie zum Freundeskreis ihres Mannes gehörten.

So gerne die beiden ungleichen Freundinnen studierten, so gerne dachten sie auch an Rosalin. Als Weihnachten heranrückte, bastelten und planten sie für ‚ihr kleines Mädchen‘ wunderschöne Überraschungen.

Nur eines konnten sie nicht ahnen, auch Dr. Schulte hatte sich eine Überraschung ausgedacht.

Er hatte schon sehr zeitig eine Urlaubsreise zwischen Weihnachten und Neujahr gebucht, eine Reise in die winterlichen Alpen. Dieses schöne Geschenk lag auf dem Weihnachtstisch von Hanna und Juliane, doch die eigentliche Überraschung folgte noch.

Am zweiten Weihnachtstag flogen Familie Schulte und Juliane nach München, um von dort mit einem Leihwagen nach Garmisch-Partenkirchen zu reisen. Hier kamen sie zu einem eleganten Hotel. Als sie die Eingangshalle betreten hatten, öffnete sich wieder die Hoteltür. Eine ältere Dame mit einem kleinen Mädchen an der Hand kamen herein.

Eine helle Kinderstimme rief sofort: „Tante Hanna, Juliane, Onkel Doktor! Wir sind auch da, juhu-juhuuh!"

Juliane drehte sich um. Sie rannte auf ihr Töchterchen zu, nahm es in die Arme, ihr Herz klopfte vor Glück und Überraschung. Als Rosalin nun von allen gedrückt wurde, sollte auch Martha herzlich begrüßt werden. Sie waren mit der Bahn gekommen. Für Rosalin war das Zugfahren schon ein großes Erlebnis.

„Onkel Kurt, danke, danke! Ich hätte so ein großes Weihnachtsgeschenk nicht erwartet, ich bin vor Glück ganz durcheinander. Es ist so herrlich, wie soll ich das alles wieder gutmachen?", sprudelte es aus Juliane.

Dr. Schulte lachte dazu: „Du machst es gut, mein Kind, du gibst uns das Gefühl von Eltern und Großeltern. Wie hätten wir das sonst erleben können, es hätte ja eine Lücke in unserem Leben gegeben. Aber jetzt wollen wir jede Minute nur noch genießen! Wir denken uns die schönsten Dinge aus und feiern ein glückliches Wiedersehen!"

Sie bekamen ihre Zimmerschlüssel an der Rezeption und verabredeten sich in einer Stunde im Restaurant.

Juliane war bald mit dem Auspacken fertig. Sie war viel zu aufgeregt, um sich etwas auszuruhen. Doch da hörte sie auch schon im Nebenzimmer die helle Stimme ihrer kleinen Tochter.

„Omi Martha, wir haben ein großes Bett, wir haben auch ein Badezimmer mit einer richtigen Badewanne, Omi Martha, darf ich baden?"

Juliane klopfte leise an. Martha dachte sich schon, dass es Juliane sei. Sie rief: Nur herein, wenn ′s kein Schneider ist!"

„Aber Omi Martha, warum soll denn hier ein Schneider kommen?", sagte eine Kinderstimme.

„Juliane, Juliane, wir haben eine Badewanne hier! Darf ich jetzt gleich baden, das ist doch so schön!" Juliane lachte über die Freude der Kleinen und sagte: „Da musst du schon deine Omi fragen, wenn sie es erlaubt, helfe ich dir beim Ausziehen."

Natürlich erlaubte Martha es. Es war ja noch viel Zeit bis zum Treffen. Rosalin war glücklich – und Juliane auch.

Sie betrachtete den Körper ihrer kleinen Tochter und dachte: „Sie hat so einen langen Körper, wie meine Mutti ihn hat, auch die festen Beine, da hat sich doch wohl meine Erbmasse durchgesetzt. Sie lächelte bei dem Gedanken.

„Du freust dich auch, dass ich baden kann, nicht Juliane?", plapperte Rosalin glücklich.

„Kannst du mir auch Schaum machen?" Juliane konnte!

„Wollen wir gleich die Haare waschen?", fragte Juliane. „Geht das in der Badewanne?", kam verwundert die Antwort.

Im Moment stutzte Juliane, sie musste sich erst besinnen, dass sie ein Wohnwagenkind vor sich hatte.

Rosalin lachte, als sie mit dem Kopf untertauchen sollte. Sie war gar nicht ängstlich.

Juliane sah auf die Uhr. Bald musste das lustige Planschen beendet werden. Rosalin sollte auch noch die Haare geföhnt bekommen. Juliane gab sich Mühe, das seidige, schulterlange, blonde Haar mit einer Rundbürste zu formen.

Bald standen Martha, Juliane und Rosalin in festlichen Kleidern zum Abendessen bereit. Sie gingen lachend die Treppe hinunter, als auch Dr. Schulte und Frau kamen. Rosalin sah in den großen Saal des Restaurants und rief begeistert: „Oh, so viele Tische und Kerzen und so feine Tischdecken!"

Der Ober kam und wies ihnen einen Tisch zu. Rosalin betrachtete ihre neue Welt mit aller Aufmerksamkeit; ihr kleines

Plappermäulchen stand nicht still. Da sie aber in ihrem dunkelblauen Samtkleid so fein aussah, erweckte sie auch das Interesse anderer Gäste. Eine alte Dame fragte: „Du hast wohl noch nicht in einem Restaurant gegessen, dass du dich hier über so viele Dinge wunderst?"

„Nein", kam die Antwort, „nein, ich war noch nie in einem Hotel. Ich wohne aber in einem Wohnwagen im Zirkus."

Jetzt war plötzlich Rosalin Mittelpunkt der Gäste. Jeder wollte etwas erklärt bekommen. Rosalin plapperte lustig daher. Dr. Schulte lachte manchmal hell auf, aber Martha wurde etwas verlegen. Sie hatte Rosalin nie erklärt, dass man nicht so viel sprechen soll. Juliane hatte ihre Freude an den lustigen Antworten. Es war ja alles so wahr. Das Schicksal hatte ihrem Kind den Zirkusplatz geschenkt. Das Schicksal hatte so eine wunderbare Wende in ihr eigenes Leben gebracht.

– Und wieder dachte sie an ihre Verzweiflung vor Jahren im Park. – Aber die damaligen Sorgen hatten sich längst in eine große Aktivität gewandelt. Juliane schaute in die brennende Kerze und verglich sie mit ihrem Lebenslicht. Titin hatte ihr das Leben geschenkt. Er alleine war ihr Retter. Er hatte ihr die Hand gereicht und sie aus diesem dunklen Loch der Verzweiflung geholt.

Der Ober hatte Sekt eingeschenkt. Sie hörte sagen: „Auf unseren gemeinsamen Urlaub!" Sie ergänzte: „Auf Titin und Martha!"

Rosalin machte es den Erwachsenen nach und hob ihr Apfelsaftglas und rief: „Prost auf meinen Onkel Doktor und Tante Hanna und Omi und Juliane!" Die Gäste im Raum lächelten, das Kind gab dem Abend Fröhlichkeit.

Plötzlich kam ein älterer Herr an den Tisch, sah Rosalin an und fragte: „Wenn du doch in einem Zirkus wohnst, kannst du auch Kunststücke?"

Rosalin antwortete: „Ich bin doch ein Clown, ich mache doch keine Kunststücke, ich mache doch nur eine Nummer. Ich singe und ich kann auch einen Salto."

„Na, einen Salto kann man wohl nicht in einem Restaurant machen", meinte der Herr, „aber ein Lied würden wir gerne hören, vielleicht ein Weihnachtslied?"

Dr. Schulte nickte und sagte: „Wenn die anderen Gäste es auch wünschen." Er bekam Zuspruch. Damit gab er der kleinen Sängerin das Zeichen. Rosalin sang mir glasklarer, heller Stimme: „Maria durch den Dornenwald ging..."

Es war still geworden im Raum.

Die Gäste hatten ihr Besteck zur Seite gelegt und das kleine Mädchen angesehen. War es Erinnerung, war es das Zurück in vergangene Kindertage? Einige Damen hatten ihr Taschentuch hervorgeholt. Rosalin bekam großen Applaus. Sie wurde gebeten auch noch „Stille Nacht, heilige Nacht" zu singen.
Wieder erklang ihr Stimmchen so perfekt, dass sogar Dr. Schulte ganz begeistert war.
Rosalin machte einen Knicks, das hatte Martha ihr beigebracht, dann setzte sie sich wieder an den Tisch.
Das Essen wurde serviert. Und wieder kam der kindlich freie Ausruf: „Oh, so ein feines Abendbrot!"
Rosalin war längst Mittelpunkt der Gäste. Jeder nahm wahr, wie das Kind sich freuen konnte.
Als noch einmal die Gläser nach dem Essen klangen, bat der ältere Herr um ein weiteres Weihnachtslied.
Rosalin sagte: „Ich will ja singen, aber bitte, ich möchte so gerne, dass alle Leute hier singen!"
Da nahmen einige Gäste einen Löffel und schlugen ihn sanft an die Gläser, es entstand ein wunderschönes Läuten.
Der fremde Herr bat: „Singen wir doch ‚Oh du fröhliche, oh du selige, Gnaden bringende Weihnachtszeit‘."
Rosalin nickte und stimmte an.
Die Gäste sangen erst zögernd, dann mit voller Stimme das alte, liebe Weihnachtslied.
Immer wieder sang ein Gast ein anderes Lied, immer wieder fielen alle mit ein.
Dann stand ein Herr auf, verbeugte sich und sprach die Weihnachtsgeschichte, eine ältere Dame ergänzte mit einem Weihnachtsgedicht von Eichendorff den festlichen Vortrag:

Markt und Straßen stehn verlassen,
still erleuchtet jedes Haus,
sinnend geh ich durch die Gassen,
alles sieht so festlich aus ...

Das Personal war längst hinzugekommen, der Hoteldirektor stand an der Tür. Selbst die Köche schauten herein.

„Hier ist ein Weihnachtsengel eingekehrt", sagte der Direktor. „Ich habe so eine festliche Stunde, eingeleitet durch ein kleines Mädchen, hier noch nicht erlebt. Ich will den Abend auf Rechnung des Hotels mit edlem Wein krönen und stoße mit Ihnen an, meine lieben Gäste, meine kleine Dame!"

Als der nächste Morgen kam, sah Rosalin, die lange geschlafen hatte, Schneeflocken fallen. Sie freute sich und merkte, dass Martha schon angezogen war. „Jetzt aber, husch, husch aus dem Körbchen, mein Schatz, das Frühstück ist sicher schon serviert!" Rosalin bekam ihren Jeansanzug an.

Sie wurde freudig von den Gästen im Hotel begrüßt, war sie doch das einzige Kind unter so vielen Erwachsenen. Ohne Scheu sah sie den Menschen direkt ins Gesicht, und hier und da bewunderte sie ein Kleid, ein Schmuckstück, ja auch die weihnachtlichen Gestecke auf den Tischen. Ihre freie, fröhliche Art war ansteckend.

„Wo kann man sich denn ein Zirkuskind borgen, sagte der ältere Herr, der sie am Abend vorher zum Singen animiert hatte. „Ich glaube, man muss den Zirkusdirektor fragen, aber vielleicht borgt man keine Kinder her. Ich bin doch auch nicht geborgt, ich bin doch die Freundin von Tante Hanna, Onkel Doktor und Juliane."

„Wie bekommt man denn so eine Freundin?", der ältere Herr gab keine Ruhe.

„Oh, dazu muss man in den Zirkus gehen. Alle Leute müssen in den Zirkus gehen. Ich bin da doch der Clown, aber nur der ganz kleine. Die beiden anderen sind Titin und Maltino. Ich kann auch erst ganz wenig Geige spielen. Titin kann es, Maltino spielt Trompete. Im Zirkus bekommst du dann auch einen Freund, du suchst ihn dir dann eben aus."

Der Herr lachte herzlich.

Er sollte bald ein neuer Freund von der kleinen Rosalin sein.

Er setzte sich zu Dr. Schulte an den Tisch und sprach lange mit ihm. Die Damen waren aufgestanden. Sie erbaten sich ‚Einkaufsurlaub'. Rosalin musste Skihosen bekommen und warme Schuhe. So blieben die Herren gerne alleine zurück.

„Diese kleine Rosalin ist ein Himmelsgeschenk", begann Dr. Schulte das Gespräch.

Langsam erzählte er dem Herren, der sich als Rechtsanwalt vorgestellt hatte, die Geschichte von Rosalin.

Staunend hörte der Rechtsanwalt Jürgen Winter von jener fast unglaublichen Begebenheit vor über vier Jahren. Einerseits war er tief erschüttert über Julianes Schicksal, andererseits nahm er staunend wahr, welch ein Glück dieses Kind in das Leben eines kleinwüchsigen Menschen brachte. Und doch konnte er nicht verhehlen, Zukunftssorgen zu erwähnen.

Dr. Schulte stimmte ihm zu. Aber diese so groß gewordene Freundschaft zwischen den Menschen des Zirkus, seiner Familie und Juliane gaben Hoffnung.

Durch Julianes Strebsamkeit, ihrer Reife und Verantwortung würde sich der Weg finden, der einmal das Kind zu seiner Mutter führt, meine Dr. Schulte.

„Bei der Suche nach der Artistenfamilie Bossic in Jugoslawien könnte ich dir eventuell behilflich sein. Wir haben dort sehr nette Bekannte aus früheren Jahren. Als meine Frau noch lebte, haben wir oft unseren Urlaub bei ihnen verbracht. Sie hatten eine kleine Pension. Noch vor kurzem bekam ich Nachricht von dort. Sie haben zwar alles im Krieg verloren, das Haus ist zerstört, aber sie haben ‚noch ihre Hände', wie sie schreiben und werden wieder aufbauen, was einst ihr Lebensunterhalt war. Vielleicht finden diese lieben Leute eine Möglichkeit, nach der Familie Bossic zu suchen. Es wäre schon wichtig, denn sonst bleibt die kleine Rosalin ja Jugoslawin. Damals war es eine Lösung – die Anmeldung als Kind der Familie Bossic. Heute ist das schon ein Problem."

Rechtsanwalt Winter beendete seine Überlegungen.

Die beiden Männer hatten lange miteinander gesprochen. Sie hatten sich verbrüdert und waren erstaunt, als plötzlich ein lachendes, kleines Mädchen, bepackt mit Tüten, vor ihnen stand. Dann kamen auch Hanna und Juliane. Ihre Augen glänzten, die Wangen waren rot, und sie sprachen übermütig durcheinander.

„Sieh, Jürgen, dieses Kind hat meine Frau in ein junges Mädchen verwandelt, oder kannst du einen Unterschied zwischen den Dreien erkennen?"

„Ich möchte auch durch den Jungbrunnen gehen", sagte Jürgen Winter, „könnt ihr nicht noch einen Freund gebrauchen?"
Rosalin glaubte an ein neues Spiel und rief fröhlich: „Ich bin dein Freund, wie heißt du?"

„Das nenne ich spontan", kam die Antwort des Rechtsanwaltes, „deshalb lade ich meine neuen Freunde heute zu einer Schlittenfahrt ein!"

Nach einem kleinen Spaziergang bis zum Ende des Ortes stiegen die Urlauber in zwei Schlitten, ließen sich bereitwillig in warme Decken packen und los ging es, hinein in die Winterwelt der Alpen. Die starken Pferde, Kaltblüter, trabten gleichmäßig über verschneite Wege, mal aufwärts, mal bergab. Die Sonne schien warm und verzauberte den weißen Schnee in reines Silber.
Rosalin war begeistert! Sie entdeckte überall Dinge, die sie faszinierten. Sie sah Vögel zwischen den Bäumen hüpfen und Hasen springen. Sie sah sogar ein Reh. Ihre Augen suchten die Landschaft begierig ab, Interessantes zu erspähen. Sie begeisterte sich an den Skiläufern, wenn sie in weiten Bögen die Pisten herabglitten; sie freute sich, die Seilbahn entdeckt zu haben und staunte, als die Schlitten vor einem Gasthaus hielten, das über und über mit Geweihen und Malereien dekoriert war. „Hier werden wir Kaffee trinken", rief Rechtsanwalt Winter. „Darf ich einladen?"

Bald saßen die Ausflügler in einem gemütlichen bayerischen Stübchen und warteten auf Apfelstrudel und Kaffee.
Rosalin setzte sich neben den ‚neuen Freund‘, denn ihre Neugier war zu groß. Und sogleich begann ihr Mündchen zu plappern: „Wo wohnst du, wo ist deine Frau, hast du auch Kinder, hast du auch so ein Steinhaus oder einen Wohnwagen, was ist ein Rechtsanwalt?"

„Potztausend, so viele Fragen, da muss ich ja mal sortieren", rief lachend der Gefragte.
„Also, ich wohne ganz allein in einem großen Haus in Kiel. In diesem Haus ist auch meine Anwaltspraxis, denn ich bin nicht nur Rechtsanwalt, sondern auch Notar. Das kann ich dir nicht erklären, da musst du erst in die Schule gehen, dann wirst du

es vielleicht verstehen. Eine liebe Frau hatte ich auch, aber sie wurde sehr krank. Sie hatte keine Lebenskraft mehr, da hat sie der liebe Gott zu sich gerufen. Das war sehr traurig.

Damals lebte unser Sohn noch bei uns. Er ist längst weggezogen. Er ging als Arzt in ein Krankenhaus nach Kopenhagen in Dänemark. Weil aber Dänemark und Kiel an der Ostsee liegen, können wir uns treffen. Im Sommer fahre ich mit meiner Yacht zu ihm. Du kannst mich besuchen kommen, ich kann einen tüchtigen Schiffsjungen gebrauchen."

Herr Winter lachte aus vollen Halse.

Rosalin machte ein böses Gesicht, sie hatte die Augenbrauen zusammengezogen und die Hände in die Taille gestützt.

„Aber Onkel Winter, ich bin doch kein Junge, da musst du schon ein Schiffsmädchen mitnehmen. Das kann man auch gebrauchen, wenn es tüchtig ist."

Im kleinen Bayernstübchen wurde gelacht und gescherzt. Rosalin war zu drollig. Sie hatte so lustige Fragen und staunte immer wieder über die vielen neuen Dinge, die sie erfuhr. Entsprechend waren auch ihre Reaktionen.

Der arme Rechtsanwalt bekam keine ruhige Minute. Doch in dieser kindlichen Fragestunde stellte er sich mit allen Lebensgewohnheiten vor, ohne dass er es bemerkte.

Die gemütliche Kaffeezeit ging zu Ende.

Zu Ende ging nach einer Woche auch der Winterurlaub in Bayern. Aber als sich alle verabschiedeten, nahmen Familie Dr. Schulte mit Juliane und Martha sowie Rosalin eine Einladung, im Sommer nach Kiel zu kommen, mit.

KAPITEL 12

Martha und Rosalin trafen pünktlich zu Neujahr im Zirkus ein. Sogleich hieß es: umziehen, denn es war eine große Vorstellung geplant. Rosalin wurde von Titin fast zerdrückt vor Wiedersehensfreude.

Maltino nahm sie an den Händen und tanzte mit ihr im Wagen herum, dass alles schaukelte. Rosalin lachte und freute sich über ihre Freunde.

Sie schminkte sich selbst, denn alle hatten plötzlich mit sich zu tun. Martha kam herein und lachte über Rosalins Gesicht. Kreuz und quer war die Farbe verwischt. „Das ist wohl mehr ein Meister Kunterbunt als ein Clown", sagte Martha und wischte alles mit Creme ab, um von neuem zu beginnen.

Rosalin war in ihrem Element. Sie sprang zur Vorführung glücklich in die Manege, ihre kleine Geige unter dem Arm. Da stand sie nun auf einem Hocker und spielte ein kurzes Kinderlied. Titin und Maltino kamen dazu und nahmen die Melodie mit Trompete und Geige auf. Bald formten sie einen Blues, bald einen langsamen Walzer und zuletzt Jazz. Sie ernteten großen Applaus, liefen hinaus, kamen zurück und tauschten die Hüte beim Verbeugen.

„Ich freue mich, Titin, dass ich wieder zu Hause bin", sagte Rosalin, als sie erschöpft im Bett lag.

Am nächsten Tag gab es eine große Überraschung.

„Der Zirkus geht auf große Auslandstournee!", verkündete der Zirkusdirektor. In alter, längst geübter Weise wurde wieder einmal das Zelt abgebaut und die Tiere kamen in ihre transportablen Bestallungen, auch sie mussten reisebereit sein. Die Versorgungsinstallationen wurden getrennt und in die Technikwagen geräumt. Die Zugmaschinen transportierten die Zirkuswagen zum Güterbahnhof.

Diesmal fuhr der gesamte Zirkus über die Grenzen nach Belgien, Frankreich, Portugal, Spanien, Südfrankreich, Schweiz, Italien. In welchem Land auch immer sie gastierten, die vielen Zuschauer begrüßten sie mit Freude und Applaus. Erst nach eineinhalb Jahren, im Sommer 1998, ging es nach Deutschland zurück.

„Rosalin wird ihren sechsten Geburtstag in Deutschland feiern", dachte Martha. Sie sah der Zukunft etwas ängstlich entgegen. Die Einschulung stand bevor. Rosalin war nicht mehr das fröhliche Kind. Oft saß sie müde herum. Sie lachte selten, manchmal stürzte sie unvorbereitet.

„Aber wir kommen ja bald nach Hamburg. Auf jeden Fall muss das Kind zum Arzt und untersucht werden. Ach, ist es gut, dann Dr. Schulte zu sprechen. Vielleicht kann er mir die Sorgen abnehmen. Es kann ja auch mit dem Wachsen zu tun haben. Außerdem will Rosalin kaum essen. Noch vierzehn Tage, dann sind wir in Hamburg. Noch heute schreibe ich", dachte Martha und ging dem Alltag nach.

Rosalin freute sich auf Hamburg. Sie freute sich auf Juliane, auf Familie Schulte, und manchmal dachte sie auch an das große Haus von Julianes Eltern und an das Bild, auf dem nicht sie, sondern Juliane abgebildet war, aber sie hatte nur sich erkannt.

Als der Zirkus in Hamburg am Standort ankam, wurde den einzelnen Wagen der Platz zugeordnet, die Versorgungsleitungen installiert, und sogleich begann man mit dem Füttern der Tiere und dem Zeltaufbau. Allein diese unbeachtete, große Leistung und Teamarbeit war eine Sensation.

Bald darauf begann die Nachmittagsvorstellung.

Die Sonne schien. Vor dem Kassenwagen hatte sich eine lange Menschenschlange gebildet. Kinder liefen aufgeregt hin und her. Maltino und Titin hatten sich längst umgezogen und machten zwischen den kleinen Besuchern ihre Späße.

Rosalin, die sonst immer mithielt, lag noch im Bett. Martha

zwang sie zum Aufstehen und Umziehen. Müde und lustlos reagierte die Kleine.

Als endlich ihre Nummer aufgerufen wurde, wollte sie schnell aus dem Wagen laufen, fiel aber die Stufen hinunter und schlug so hart auf, dass sie besinnungslos liegen blieb.

Ihr kleiner Arm hatte sich in einer Treppenstufe verfangen, aus einer Ader im Handgelenk quoll das Blut in Schüben hervor.

Martha schrie: „So helft, so helft, – meine Rosalin!"

Die Sanitäter waren sofort zur Stelle, mussten sie doch während der Vorstellungen hilfsbereit zugegen sein. Sie hatten den Rettungswagen am Eingang des Zirkus geparkt und den Hilferuf gehört. Sie handelten schnell. Ein Helfer legte einen Druckverband an und stillte vorerst die Blutung.

Rosalin war noch immer bewusstlos.

Die Sanitäter trugen das Kind zum Wagen. Martha stieg mit ein. Sie zitterte am ganzen Körper.

Titin lief dem Wagen hinterher, aber der blieb nicht mehr stehen. Mit Blaulicht und Alarm ging es zum Krankenhaus.

Martha hatte keine Versicherungsunterlagen bei sich. Sie bat im Krankenhaus bei der Frage nach den Papieren: „Bitte rufen Sie Dr. Schulte an, er kennt das Kind, er hat auch alle Untersuchungsunterlagen in der Praxis."

Es dauerte keine zehn Minuten, da stand Dr. Schulte neben Rosalin. Martha weinte jetzt erst recht.

Dr. Schulte beruhigte sie. Und in diesem Moment schlug die Kleine die Augen auf.

Sie wollte ihren Arm heben, sie war zu schwach, nur die Hand bewegte sich leicht. Rosalin lächelte etwas, sprechen konnte sie nicht, sie hatte keine Kraft.

„Transfusion, – Blutgruppe bestimmen!", sagte der Unfallarzt. Dr. Schulte schlug die Unterlagen auf. „Die Blutgruppe ist: A RH negativ."

Der Unfallarzt sah auf die Kartei in Dr. Schultes Händen.

„Oh weh, Schwester, schnell telefonieren sie mit den anderen Häusern und der Blutstation. Wir haben diese Gruppe nicht. Mein Gott, was tun!"

„Eine Bekannte, die Praktikantin Juliane Schwert hier bei Ihnen im Haus, hat diese Blutgruppe, lassen sie sie holen. Sie wird sofort zur Spende bereit sein!", sagte Dr. Schulte leise zu dem Arzt. „Ich übernehme die Verantwortung. Die Gruppen stimmen überein."

Juliane wurde von der Kinderstation gerufen. Sie hatte in den Semesterferien diese Arbeit in der Klinik angenommen, um auch in der Praxis zu lernen.
Schon stand sie im Unfallraum. Sie sah Dr. Schulte, sah Martha und dann ihre kleine Rosalin. Sie fragte nicht. Die Frage des Unfallarztes schien aus weiter Ferne zu kommen. Sie nickte. Dann ging alles ganz schnell.
Juliane lag neben ihrer kleinen Tochter, und ihr Blut floss in die Adern ihres Kindes.

Martha saß daneben und betete.
Dr. Schulte beobachtete die Transfusion. Eine Schwester überwachte die Apparaturen.

Rosalin schlug wieder die Augen auf. Sie sah verwundert auf die Menschen, die sie kannte und die ihre engsten Vertrauten waren. „Es ist alles wieder gut", sagte Dr. Schulte. „Du hast viel Blut verloren, da hat Juliane dir welches gegeben. Sie hat ja so viel, mh, mh.– Das ist doch ganz nett von ihr." Juliane lächelte über die kindliche Erklärung. Rosalin nickte zufrieden.

Rosalin musste noch zum Röntgen. Dr. Schulte wollte Martha in den Zirkus zurückbringen, denn das Kind sollte einige Tage zur Beobachtung bleiben.

Juliane blieb nun viele Stunden länger auf der Station. Sie verbrachte viel Zeit am Bett ihrer Tochter. Niemand kannte ihre verwandtschaftliche Verbindung.

Mit jedem Tag wurde Rosalin schwächer. Nach einigen Tagen zeigten sich dunkle Flecken an ihrem Körper.
Juliane erschrak über alle Maßen, als sie das entdeckte.
Sie rief Dr. Schulte an. Er kam sofort und bat um ein Gespräch mit dem Stationsarzt.
Es entstand eine schreckliche Aufregung.
Rosalins Blut musste sofort untersucht werden. Die erschütternde Wahrheit kam ans Tageslicht: Leukämie.

„Das Kind ist sehr schwach, wir haben keine andere Wahl. Wir müssen mit schweren chemischen Mitteln die entarteten weißen Blutzellen bekämpfen. Vielleicht geschieht ein Wunder." Der Arzt sagte es leise zu Dr. Schulte, als der – wie jeden Tag – nach der kleinen Rosalin schaute.

Aber dann erklang auf dem Stationsflur Violinenmusik. Rosalin machte die Augen auf und sagte leise: „Titin ist hier, ich will Titin sehen."

Die Schwester machte die Zimmertür auf. Sie erschrak. Vor ihr stand ein kleiner Clown. Etwas weiter stand genau der gleiche Clown. Die Musik hatte auch andere Kinder in den Flur gelockt. Da gab es für Minuten keine Zeit für Rosalin. Titin erklärte den Kindern, dass er wiederkäme, dass er erst seine Rosalin sehen müsse.

Nun saß Titin am Bett seines so kranken Schützlings. Über sein lachend geschminktes Gesicht fielen Tränen. Sie tropften auf seine karierte Seidenjacke und hinterließen dunkle Flecken.

„Titin, weine nicht. ich komme bald wieder, ich bin krank", sagte Rosalin mit schwacher Stimme.

Dann mahnte die Schwester die Clowns zum Gehen. Titin und Maltino gaben sich Küsschen auf die flache Hand und pusteten sie zu Rosalin.

Sie gingen.

Es blieb ihnen keine Zeit zum Traurigsein. Auf dem Flur hatten sich viele Kinder versammelt.

Titin nahm seine Geige und spielte. Die Clowns machten ihre Späße, bis sie von einer Schwester zu einem kranken Kind geführt wurden.

Der kleine Jochen schlug seine Augen nur ein wenig auf.

Plötzlich – es war wohl ein Wunder –, plötzlich setzte er sich auf. Er zeigte mit dem Finger auf die Clowns, er lachte, er klatschte in die Hände, dann erstarrte sein Gesicht wieder in Apathie. Die Schwester hatte alles erstaunt verfolgt.

„Ach, bitte, können Sie wiederkommen, können Sie vielleicht morgen wiederkommen, wenn hier Visite ist, so gegen zehn Uhr? Das glaubt mir keiner, bitte!"

Auf dem Flur sprach die Schwester sehr leise zu Maltino und Titin: „Der kleine Jochen musste mit ansehen, wie sein Dackel unter ein Auto kam. Er hatte einen schweren Schock als man ihn hier auf die Station brachte. Seitdem redete er kein Wort. Das Lächeln soeben, es war das erste Abtauen seines erstarrten Gesichtes. Sie haben ein Wunder vollbracht. Bitte kommen Sie morgen früh, der Arzt sollte es sehen. Vielleicht kommt Jochen aus seiner Trauerwelt in die Wirklichkeit zurück."

Die Clowns kamen.
Sie wären auch ungebeten gekommen. Sie mussten doch ihre kleine Rosalin besuchen, denn der Zirkus ging in den nächsten Tagen in eine andere Stadt.
Aber diesmal kamen sie zuerst zu Jochen. Sie hatten den Karteiwagen vor seiner Zimmertür gesehen. Verwundert schauten die Ärzte auf die Clowns, dann auf die Schwester. Mit etwas schüchterner Stimme sagte sie: „Bitte um Verzeihung, ich bat die lustigen Gesellen, um diese Zeit zu kommen." – Weiter kam sie mit dem Satz nicht, denn Jochen hatte sich aufgesetzt, sein Gesicht war entspannt, seine Augen leuchteten.

Maltino machte eine Verbeugung. Titin war zum Fenster gegangen, hatte seine Hände wie ein Fernrohr vor die Augen gehalten und lachte erfreut: „Ich kann etwas sehen!" Die Ärzte und Schwestern drehten sich erstaunt zu dem Clown.
„Ich sehe ein Hundebaby – dort, weit weg! Purzel ist wieder ein Hundebaby! Aber ich sehe, er ist nun ein Pudel, ach – der ist aber goldig, der ist wie ein Wollknäul, er ist weiß und hat Knopfaugen, und ich höre ihn ganz leise nach Jochen bellen!"

Jochen sah erstaunt zu Titin: „Ich kann Purzel nicht sehen, – wo, wo ist er?"
Jochen wollte aus dem Bett zum Fenster. Da hielt Titin ihn schnell zurück. „Du musst erst dein Frühstück essen, deine Milch trinken, wir müssen jetzt zu Rosalin, dann kommen wir wieder und nehmen dich und deine Mutti mit in den Zirkus, wenn es die Ärzte erlauben. Dein Purzel ist nämlich im Zirkus zur Welt gekommen. Er hat noch drei Geschwister. Du wirst staunen! Du kannst das von hier nicht sehen, das können nur wir kleinen Menschen sehen. Wir können eben manches mehr als große Leute. Vor allem können wir Kinder glücklich machen. Das glaubst du doch?" Jochen nickte.
Verwundert sahen die Ärzte die Wandlung des Kindes.
„Wenn das so ist, dann ist ja unsere Medizin hier gar nicht

mehr notwendig, kleiner Jochen, dann iss mal schön das Frühstück, und deine Mutti zieht dich an. In zwei Tagen möchten wir dich noch einmal hier sehen und in einer Tasche", – der Arzt legte den Finger auf den Mund wie zu einem Geheimnis, „in zwei Tagen möchten wir Purzelbaby und dich hier noch einmal sehen. Na, dann auf in den Zirkus, das scheint ja eine Wunderheilung zu sein!"
Lachend gingen die Ärzte aus dem Zimmer.

Im Flur konnte Titin nach Rosalin fragen. Der Stationsarzt gab Antwort, denn er wusste von Dr. Schulte, dass Titin der Pflegevater der kleinen Patientin war: „Rosalin macht uns sehr viele Sorgen. Aber wir sind guten Mutes, dass ihr die Zukunft helfen wird. Die Medizin hat diesbezüglich große Fortschritte gemacht, wir sollten den festen Glauben haben, damit helfen wir dem Kind am meisten."
Titin nickte und sagte leise: „Danke". Mehr hätte er nicht sprechen können, seine Stimme war nicht mehr zu gebrauchen.
Als die Ärzte gegangen waren, schluchzte Titin hemmungslos. Da legte sich eine kleine Hand in seine. Augenblicklich fing er sich. Es war Jochen.
„Wir gehen noch zu Rosalin, dann fahren wir hinaus zu dem Zirkus, kleiner Jochen."

Rosalin lächelte. Sie sagte kein Wort.
Als Titin erzählte, dass der Zirkus nach Köln weiterfuhr, nickte Rosalin. Titin sagte: „Werde schnell gesund, mein kleiner Liebling." Er gab ihr einen Kuss auf die Stirn, nahm aus seiner Tasche Rosalins alte Windel und heulte leise. Da lächelte Rosalin wieder und ihre kleine schwache Hand bewegte sich zu einem kraftlosen Winken. Maltino gab ihr ein Küsschen auf die Hand, dann gingen die beiden traurigen Clowns.

Aber zu Traurigkeit hatten sie nicht lange Zeit. Auf dem Flur saß Jochens Mutter mit dem Jungen auf dem Schoß. Der Fünfjährige sah erwartungsvoll auf die Clowns.

Seine Erwartung war nicht umsonst. Auf dem Zirkusplatz gab es so viele interessante Dinge zu sehen. Doch da kam der kleinen Gruppe schon der Akrobat Django mit einem winzigen Hundebaby auf dem Arm entgegen.

Lachend streckte er die Arme aus und reichte das weiße Woll-bündel dem kleinen Jochen mit den Worten: „Siehst du, Purzel ist ein Baby, nachdem er im Hundehimmel war. Nun lebt er als kleiner Pudel weiter. Aber er will kein Akrobat sein und bei mir Kunststücke lernen, er will wieder zu dir."

Jochen nahm das Hundekind zärtlich an sich. Django war gerührt. „Wie kann ich das gutmachen", sagte Jochens Mutter. „Was kostet das edle Tierchen?"

„Sehen sie, liebe Frau, eigentlich gehört mir Purzel gar nicht, er gehört Jochen, so muss man nichts gutmachen. Purzel wird die Gesundheit von dem kleinen Jungen wieder gutmachen. Ich freue mich sehr, es macht sehr froh, ein Geschenk für ein Kind zu geben!", sagte er mit leichtem Akzent und ergänzte: „Jochen, wenn wir wieder einmal in Hamburg mit dem Zirkus gastieren, dann besuche mich mit Purzel, versprich es mir!"

Jochen nickte. Er war nur noch glücklich. – Glücklich, mit seinem Hundebaby auf dem Arm, ging er mit seiner Mutter fort.

KAPITEL 13

Als Dr. Schulte eines Abends in seinem Lesezimmer die aktuelle Fachliteratur studierte, kam ein Anruf. Es war der Rechtsanwalt Jürgen Winter aus Kiel.

„Hallo, mein lieber Freund, hier kommt die zweite Wiederholung meiner Einladung nach Kiel! Im vergangenen Jahr konntest du die ‚liebe Truppe‘ nicht zusammenbekommen, weil Martha und dieses Goldkind mit dem Zirkus im Ausland waren. In diesem Jahr gilt diese Ausrede nicht, der Zirkus ist wieder in Deutschland. Ich las es heute in der Zeitung.

Also, gib einen Termin an. Er kann jetzt, aber auch noch bis Ende September sein, dann allerdings wird es zu kalt."

Dr. Schulte schluckte, er sagte fast zögernd: „Lieber Jürgen, bei uns ist das Unglück eingezogen. Der kleine Goldengel liegt mit Leukämie hier im Krankenhaus. Wir zittern um das Kind. Die erste Behandlung scheint nicht anzuschlagen. Der Zustand verschlechtert sich. Wir müssen an eine Knochenmarkübertragung denken. Ich habe gerade darüber gelesen. Jetzt kommt die Stunde der Wahrheit. Jetzt ist es an der Zeit, Rosalins Mutter zu nennen. Dein Anruf kommt wie erwartet.

Könntest du dir Zeit nehmen, hier sitzt ein neuer Klient. Ich möchte dich als Rechtsanwalt engagieren. Ich denke, wir benötigen für alle Klärungen Rechtsbeistand.

Juliane muss natürlich zustimmen. Sie sollte nicht mit der erdrückenden Sorge alleine bleiben. Jetzt muss auch mal ihre Familie Beistand zeigen.

Juliane hat so einen erfolgreichen Werdegang. Sie wird ihr Studium bestens schaffen. Und nicht zuletzt hat sie ja auch uns, – natürlich, wir haben auch sie!

Ich bitte dich, komm und lass uns alles besprechen.

Wir sollten die Schwerts gemeinsam in ihre Großelternrolle einführen. Mir würde ein Stein vom Herzen fallen. Es ist schon nicht leicht, den Freund so hinters Licht zu führen. Es wäre auch nicht geschehen, wären die Umstände nicht so heikel gewesen. Ich fürchtete um Julianes Leben."

„Ja, Kurt, ich kann dir spontan zusagen, dass ich mich noch an diesem Wochenende in den Wagen setze und komme. Hier brennt es ja wirklich. Wenn ich helfen kann, ist es mir eine große Freude. Also, rechnet am Sonnabendmorgen bereits mit mir. So weit ist es ja nicht. Ich bin ein Frühaufsteher. Kann ich eventuell über Nacht bleiben? Wir könnten am Sonnabend alles besprechen und am Sonntag Julianes Eltern das Geschenk einer Enkeltochter offerieren."

Jürgen Winter sagte es ganz ruhig. Der Abstand zur Familie gab ihm die Möglichkeit.

Dr. Schulte sagte zu.

Seine Frau kam ins Zimmer und hörte die letzten Worte mit. Sie legte die Hände aufs Herz und dachte mehr laut, als dass sie sprach: „Wie wäre ich froh, wenn Juliane die Belastung des Geheimnisses nicht hätte. Wie wäre ich froh, wenn sie auch von ihren Eltern Rückhalt bekäme. Die Sorgen sind wirklich zu viel für so einen jungen Menschen."

Der Sonnabend kam, und mit ihm auch Rechtsanwalt Jürgen Winter.

Juliane war nur schwer zu bewegen, ihre Freizeit nicht bei Rosalin zu verbringen. Sie war noch bis zu Semesterbeginn auf der Kinderstation tätig. Ihre freien Stunden gehörten ihrem Töchterchen. Sie freute sich über den Besuch bei Familie Dr. Schulte, sie freute sich über das Wiedersehen mit dem Urlaubsfreund, der so herzlich wie ein Großvater mit Rosalin umgegangen war. Schweigsam hörte sie den Grund seines Kommens, schweigsam nahm sie seinen Rat an, das lang gehegte Geheimnis, eine Tochter zu haben, jetzt der Familie zu erklären.

Ihr Herz klopfte.

Mit leiser Stimme sprach sie: „Ja, bitte, hier ist mein Ja, – bitte, ich bin Rosalins Mutter. Und mit gleichem Atemzug sage ich, Titin ist mein Lebensretter. Das müssen alle wissen! Er war da, als sich für mich die Welt in undurchdringliches Schwarz verwandelte. Er war Geburtshelfer und Lebensretter zugleich. Ich bin ihm in tiefer Dankbarkeit verbunden.

Bisher war meine kleine Rosalin in liebevoller Pflege bei Martha und Titin, diese herzensguten Menschen nahmen mir alle Sorgen ab. Aber jetzt – ich habe solche Angst um meine kleine Rosalin –, jetzt wäre ich so froh, wenn meine Familie mir beistehen würde, wenn Rosalin wüsste, dass sie so viele Verwandte hat, Mutter, Oma, Opa, Onkel. Sie braucht so viel Liebe. Sie ist unglücklich, weil die Haare weg sind. Ich habe ihr schon andere Kinder gezeigt, die auch so eine ‚böse Medizin' bekamen. Sie war aber nur erschrocken. Wenn ich dich, liebste Tante Hanna, nicht hätte, ich könnte alles nicht mehr ertragen!"

Sie machte eine Pause.

Hanna hatte ihren Arm um Juliane gelegt und begann zu reden, um ihre traurige Patentochter abzulenken: „Wir wissen unterdessen durch ein Andenken, eine Haarlocke, dass Titin und Maltino, die eigentlich Martin und Malte heißen, die Zwillinge meiner verstorbenen Freundin sind.

Als ich damals von dem Freitod meiner so lieben Mari hörte, brach eine Welt für mich zusammen. Tausendmal ging es mir durch den Kopf: ...hätte, wenn, wäre! – Tausendmal zu spät! Ich habe viele Nächte darüber nachgedacht, wie verzweifelt sie gewesen sein muss. Viele Male habe ich gedacht, warum hat sie nicht mit mir gesprochen.

Und wenn immer ein Kind ausgesetzt wird, dann klopft mein Herz und ich leide mit diesen armen, hoffnungslosen Müttern mit. Was hilft da Beratung und Fürsorge. Diese Verzweiflung führt die Frauen in ein schwarzes Loch. Sie finden keinen Ausgang. Sie sehen keine Lösung. Sie brauchten die Hand, die leitet, festhält, führt. Sie brauchten einen lieben, zärtlichen, fürsorgenden Menschen, der ihnen zu jeder Tages- und Nachtzeit zur Seite ist. Unsereins hat sich ein Kind gewünscht, das wollte das Schicksal nicht. Und dann hat uns das Schicksal dich, Juliane, geschenkt, unsere liebe junge Freundin mit dem herzigen Töchterchen, das nun so krank ist."

Für einige Sekunden rührte sich niemand. Die bedrückende Stille wurde nur durch das Summen einer Biene, die sich am Fenster um Freiheit mühte, unterbrochen.

Dr. Schulte stand auf und holte eine Flasche Wein. Er füllte Gläser und sagte ganz bestimmt und energisch: „Am Montag beginnen wir mit den Untersuchungen für eine Knochenmarkübertragung. Du, meine liebe Juliane, machst den Anfang. Vielleicht haben wir noch einmal Glück. Schon die Übereinstimmung des Blutes macht mir Hoffnung. Wir sollten nach dem Absetzen des Radikalmittels an eine Wiederholung einer Blutübertragung denken. Ich spreche mit dem Arzt."
Er hob das Glas. Sie tranken still.
Juliane setzte zuerst ab und sagte ein leises ‚Danke'.

In dieser Nacht schlief Juliane nur kurz. Sie hatte den Tag ersehnt, an dem sie ihren Eltern ihre kleine Tochter vorstellen konnte, doch hatte sie ihn immer weiter hinausgeschoben. Sie sah ihn am fernen Termin ihrer Promotion, dem Tag, an dem sie ihren Studienerfolg erleben würde.
Nun sollte es morgen sein.
„Es ist besser so. Vielleicht schafft es Rosalin nicht. Dann muss ich nicht mit der Unwahrheit weiterleben. Sie sollen ihr Enkelkindchen lieben dürfen. Rosalin wird helfen. Ihr kann man nicht widerstehen."
Endlich kam der Schlaf.

Es kam auch der nächste Tag und die große Zusammenkunft der Familien.
Hanna hatte Torten aus der Konditorei kommen lassen. Es gab ein nettes Kaffeetrinken. Besonders freute es Juliane, dass auch ihre Brüder Klaus-Dieter und Gerhard dabei waren.

Als alle bei einem Glas Wein nach dem Kaffee zusammensaßen, begann Rechtsanwalt Winter zu sprechen:

„Liebe Freunde!
Dies ist ein besonderer Tag. Ich bin gekommen, um meinen Urlaubsfreunden zu helfen, – zu helfen, der Wahrheit das Recht zu geben und in einer aufgeklärten Zeit Frieden in die Herzen lieber Menschen zu bringen.
Das werden Sie nun nicht verstanden haben.
Dazu erzähle ich Ihnen eine lange, traurige, wahre Geschichte. Ich werde von einer jungen Heldin sprechen, die ich höchst bewundere und verehre, da sie in so jungen Jahren in der Lage

war, außergewöhnliche Verantwortung zu tragen.

Aber nun ist die Verantwortung für sie alleine zu groß geworden. Jetzt spreche ich Sie alle an, hier ist der Moment allergrößter Hilfe, allergrößter Menschlichkeit und allergrößter Fürsorge gekommen. Ich bitte Sie, mich nicht zu unterbrechen, keine Bemerkungen fallen zu lassen, keine Einwände oder Emotionen preiszugeben. Wenn ich ende, bitte ich Sie, sich eine halbe Stunde lang einzeln im Garten aufzuhalten. Jeder soll mit sich und seinen Gedanken alleine bleiben.

Danach wollen wir uns hier treffen.

Gott schenke uns Frieden!"

Jürgen Winter erzählte Julianes Geschichte. Er sprach von ihren Nöten, von ihrer Verzweiflung, von ihrem Plan, ihr Leben aufzugeben. Er sprach von Gottes Fügung, von Titin und Martha, von der Zirkuswelt und dem Behütetsein des Kindes. Er sprach von der Liebe, die dem Kind gegeben wurde. Und er bewunderte die Großzügigkeit seines neuen Freundes, Dr. Schulte. Er lobte die übermäßige Verantwortung, die eine so junge Frau aufbrachte, ihr Leben für ein Kind zu formen, um einmal ersetzen zu können, was sie als ganz junge Mutter versäumt hatte.

Jürgen Winter erwähnte die große Angst, die veraltete Erziehung entstehen lässt, die zu große Strenge, die Furcht; – ja, er betonte das Nichtgeborgensein in einer scheinbar heilen Welt. Zuletzt sprach er über die Kinderseele, die dieser Welt den Abschied geben will, – von Rosalins böser Krankheit.

Da schrie Julianes Mutter, Gisela Schwert, auf. Sie weinte so bitterlich, dass Dr. Schulte ein Beruhigungsmedikament holte und sie ins Fremdenzimmer zum Ausruhen führte.

Die anderen gingen in den Garten. Sie gingen einzeln. Sie waren wie Kinder, die sich gehorsam fügten.

Dr. Hans Schwert hatte die Hände auf dem Rücken verschlungen, den Kopf gesenkt, als müsse er die Steinchen auf dem Weg zählen, so ging er still durch den Garten. Er leitete seine Gedanken viele Jahre zurück.

War es sein eigenes Schicksal, das diesen Ernst, dieses unbedingte Emporkommenmüssen, dieses nicht endende Streben nach geistiger Vollendung in seinem Charakter geformt hatte? Er konnte nur darin den Unterschied zwischen seinem Bruder und sich erkennen. Seinem Bruder fiel alles leicht, er schien eine andere Luft zu atmen, er war ganz einfach freier.

Hans Schwert hatte schon viele Male nachgedacht, ob es seine frühen Erlebnisse waren, die ihn prägten. Er war im Januar 1940 in Breslau geboren, vier Monate nach Beginn des Zweiten Weltkrieges. Sein Vater hatte in einer Kinderklinik in Breslau gearbeitet, doch 1943 wurde er abberufen und als Militärarzt verpflichtet. Hans vermisste seinen Vater sehr. Sein Bruder Joachim war erst ein Jahr alt. Er hatte das Fortgehen des Vaters nicht so wahrgenommen.

Bevor die halbe Stunde um war, nahm Hans Schwert seine Tochter Juliane in die Arme und bat um Verzeihung:

„Mein kleines Mädchen, vergib deinem Vater, wenn du es noch kannst. Vergib! Ich mache alles wieder gut, so Gott mir hilft!"

Seine Stimme versagte.

Dann kamen Klaus-Dieter und Gerhard zu ihrer Schwester. Sie umarmten sie und sagten fast gleichzeitig: Hier sind bereite Knochenmarkspender! Können wir unsere ‚Neffin' besuchen?"

Die Bitte nach Frieden hatte sich erfüllt.

KAPITEL 14

Juliane stand am Bett ihrer kleinen Tochter. Rosalin mache die Augen auf und flüsterte kaum hörbar: „Ich brauche meine Omi Martha."

Juliane zuckte zusammen, sie beugte sich zu ihrem Kind und sagte: „Ich rufe sofort an, Omi Martha kommt ganz bestimmt bald. Da gehe ich gleich!"

Rosalin nickte, machte aber die Augen nicht auf.

Juliane rannte den Flur entlang. Beinahe wäre sie mit den Stationsarzt zusammengestoßen. „Hoppla, junge Kollegin, wohin so eilig, warum die Tränen? Sie dürfen sich die Krankheiten Ihrer Patienten nicht so zu Herzen nehmen, sonst nehmen die Ihnen das Herz! Kommen Sie doch mal zu mir ins Zimmer, wir müssen über die nächste Behandlungsmöglichkeit sprechen."

Juliane saß kerzengerade auf dem Sessel, ihre Hände fassten ineinander und drückten die Finger vor Aufregung weiß. Sie konnte die Tränen nicht zurückhalten.

„Es ist an der Zeit, dem Zirkuskind eine Knochenmarkspende zu organisieren, sonst schafft es das Leben nicht. Hier ist Eile geboten. Wir müssen die Eltern herbitten. Ist der kleinwüchsige Mann der Vater? Kann das sein?"

Juliane hob den Kopf: „Nein", sagte sie, und allen Mut aufwendend, ergänzte sie, „nein, Rosalin ist meine Tochter."

Mehr sprach sie nicht. Sie weinte bitterlich und brauchte Minuten, um sich zu fassen.

Der Arzt war aufgestanden und hatte aus dem Schrank ein Glas genommen. Er goss einen Kräuterschnaps hinein, schüttelte

dabei den Kopf und reichte das Glas der aufgeregten Juliane.
Die scharfe, süße Flüssigkeit lenkte ab.

Langsam, ganz langsam – Juliane suchte nach Worten – erzählte sie von ihrer Verzweiflung, als es ihr klar wurde, ein Kind zu bekommen. Sie sprach von ihrem Entschluss, das Kind vor eine Tür zu legen und dann ins Wasser zu gehen.

Hier unterbrach sie der Arzt: „Sie leben, liebe Kollegin, sie sind ungemein tüchtig. Wir hören nur Gutes über Sie, was änderte Ihren Entschluss?"

Juliane antwortete aufgeregt: „Der Clown Titin war es. Er war plötzlich da, er half, als ich am dringendsten Hilfe brauchte, er hat als Geburtshelfer fungiert, er hat mir keine Zeit gelassen, aus der Welt zu gehen. Und dann war es Martha Lucard, eine ehemalige Artistin, der gute Geist des Zirkus. Oh, Martha, ich muss Martha kommen lassen, bitte entschuldigen Sie, der Zirkus ist in Köln."

„Haben Sie die Telefonnummer? Sie können gerne meinen Apparat benutzen", kam das fürsorgliche Angebot.

„Kann ich meine Verwandten in Köln anrufen, vielleicht können sie Martha gleich herbringen?" Juliane hatte den Gedanken in diesem Moment.

Der Arzt zeigte mit einer bejahenden Geste auf das Telefon.

Juliane erreichte ihre Cousine in Köln: „Anja, ich bitte dich jetzt um eine übergroße Gefälligkeit. Ich kann nicht lange reden. Hier im Krankenhaus ist ein kleines Mädchen, es hat Leukämie. Es leidet unendlich unter dieser schrecklichen Chemo-Therapie. Seine Omi Martha, die Kleine ruft ständig nach ihr, ist in dem Zirkus in Köln, der dort gerade gastiert. Bitte, es ist lebenswichtig! Bitte, bring Omi Martha, Frau Lucard, so schnell wie möglich her. Das Kind, oh, mein Gott!"

Juliane konnte nicht mehr sprechen.

„Wir kommen!", rief die Stimme aus dem Telefon, „wir kommen, meine Eltern sind zu Hause, wir wollten erst am Wochenende eine Fahrt nach Hamburg unternehmen, aber wir kommen noch heute! Ich fahre gleich in den Zirkus, ich hole diese Omi Martha."

Am Abend fuhren Joachim mit Frau Angelika und Tochter Anja sowie Frau Lucard vor die Garage der Schwerts in Hamburg.

Verwundert und erschrocken über die übereilte Ankunft des Schwagers nebst Frau und Tochter, bat Gisela Schwert die Besucher ins Haus.

Sie merkte sogleich, Frau Lucard hatte keine Ruhe, und bat ihren Sohn Gerhard, sie ins Krankenhaus zu Rosalin zu fahren.

Gisela deckte den Tisch, ihr Mann kam dazu.

Bald saßen alle still im Zimmer, das vom Abendsonnenschein durchflutet war. Hans Schwert begann, seinem Bruder, seiner Schwägerin und der Nichte zu erklären, warum Martha so eine wichtige Person sei.

Er offenbarte seine Gedanken von jenem Nachmittag im Garten des Freundes Dr. Schulte:

„Es ist warm, die Blumen sind herrlich, die Anlagen gepflegt, aber ich kann es nicht genießen.

Auf mir liegt ein Zentner Schuld.

Ich habe für mich und mein Karriere gelebt, ich habe meine Frau vergessen, ich habe aber vor allem meine kleine Tochter vergessen. Mein Kind, mein Mädchen, ist in eine unsagbar schwere Situation gekommen. Niemand hatte ihre Sorgen wahrgenommen. Jeder erfand für sich eine Ausrede wegen des Befindens von Juliane. Ich habe es nicht einmal bemerkt, ich habe sie verurteilt wegen Faulheit und Interessenlosigkeit. Ich habe nicht beachtet, wie sehr sie unter dem Tod der Großeltern litt. Ja, ich habe meine Tochter gar nicht gekannt! Juliane wurde in der Kur schwanger mit vierzehn Jahren. Sie verfiel blind einer ersten Liebe und einem verantwortungslosen Jungen.“

Hans Schwert hielt einen Augenblick lang die Hände vor sein Gesicht. Langsam sprach er weiter: „Niemand hatte sie aufgeklärt, niemand hatte sie gewarnt, sie hatte keine Eltern!“

Hans musste eine Pause einlegen. Seine Stimme versagte.

„Sie wollte sich das Leben nehmen. Sie wollte ihr Kind aussetzen, damit es leben kann.

Da kam ein Schutzengel, ein Clown, ein kleinwüchsiger Mann. Sie hat ihr Baby nachts in der Zirkusarena geboren, von uns in ihrer schwersten Stunde allein gelassen.

Der Clown war ihr Geburtshelfer.“

Hans wurde unterbrochen.

Anja hatte die Hände vor den Mund gehalten und schrie auf: „Das Baby, der Clown hatte mir das Baby in die Arme gelegt, damals – damals, wir saßen in der Loge, ganz vorne! Ich habe Julianes Kind in den Armen gehalten!"

Alle sahen auf Anja.

„Es war so", sagte ihr Vater. „Es muss das Baby gewesen sein. Der Clown war ein kleinwüchsiger Mann. Es war in dem Sommer, als Juliane verschwand."

Wieder wurde es still im Raum.

„Mein Freund Kurt, ich meine Dr. Schulte", begann Hans wieder zu reden, „mein Freund hat all die Jahre das Geheimnis gehütet und geholfen. Er hat meine Tochter vor mir Unmenschen geschützt."

Jetzt schluchzte Hans hemmungslos auf.

Er ging aus dem Zimmer.

Gisela erzählte mit belegter Stimme langsam weiter.

Die Sonne war untergegangen.

Sie saßen im dämmrigen Zimmer als Klaus-Dieter kam. Er brachte seinen Bruder Gerhard mit, der soeben vom Krankenhaus zurück war.

„Ich habe Frau Lucard zur ,Neffin' gebracht. Die Lütte hat gleich ein ,Auf' bekommen.

Oh, wie elend sieht dieses kleine Mädchen aus. Seine Haut ist so weiß, das Gesicht ist so schmal, die Hände liegen schlapp auf der Bettdecke! Es ist ein Elend.

Ich würde ihr alles abnehmen, wenn ich nur könnte!

Morgen gehen wir alle zur Typisierung, vielleicht hat einer von uns die nötige Sorte Knochenmark.

Muttern, du musst beten, du hast doch den Draht zum lieben Gott, auf dich hört er doch! Wo ist Vater?"

„Hole ihn bitte", er ist sicher im Schlafzimmer, Gerhard", bat seine Mutter.

Juliane und Martha kamen spät.

Endlich wurde es still im Haus.

Am nächsten Tag fuhren alle Familienmitglieder zum Labor im Unizentrum. Die Untersuchung sollte gleich gemacht werden. Es war auch für die Familie günstig, waren doch noch Ferien.

Zwei Tage vergingen, als der Stationsarzt Juliane rufen ließ. „Liebe Kollegin, Ihr Schutzengel reist mit Ihnen und Ihrem kleinen Mädchen. Ihr Vater hätte eine annähernde Verträglichkeit des Knochenmarks vorzuweisen, aber Sie, Sie werden die Spenderin sein. Hier liegen übereinstimmende Werte vor. Wir wollen so bald wie möglich mit der Knochenmarkübertragung beginnen. Je eher, desto besser. Ich sehe eine große Chance darin. Wann werden Sie bereit sein, morgen, übermorgen?" Julianes Herz klopfte bis zum Hals. Sie konnte nur nicken, dann weinte und lachte sie zugleich. „Ich bin bereit, ich danke Ihnen, Herr Doktor!" Juliane war so aufgeregt.

Eine kurze Zeit später rief sie ihren Vater an. Als er den Hörer aufgelegt hatte, sagte er stolz zu seiner Frau: „Meine Enkeltochter ist mir bis aufs Mark ähnlich!"

Martha saß stundenlang bei der kleinen Rosalin. Selbst als das Kind nach der Knochenmarkübertragung hinter einem Plastikvorhang lag, saß Martha geduldig daneben. Die Tage vergingen. – Ja, aus Tagen wurden Wochen. Doch Rosalins Lebenskraft kam zurück. Manchmal hatte sie sogar zartrote Wangen, wenn Juliane sie besuchte. Immer öfter saß sie im Bett. Hin und wieder versuchte sie aufzustehen. Sie bat um Malsachen und Bilderbücher, zuletzt bat sie sogar um ein neues Kleid. Sie wollte ihre Schuhe haben und ihre Geige. Sie wollte in den Park gehen, um die Vögel zu füttern, die sie von ihrem Fenster aus immer sah. Manchmal wollte sie in den Spiegel sehen. Juliane wusste, dass sie wissen wollte, ob ihre Haare wiederkämen. Aus diesem Grund häkelte sie für ihre kleine Tochter eine Kappe in einem lockeren Spitzenmuster und stickte bunte Glasperlen darauf. Sicher spürte Rosalin, dass sie damit ein ganz besonderes Geschenk bekam, denn jeder, der das Krankenzimmer betrat, bewunderte ihr Häubchen, selbst die Ärzte machten ihr Komplimente, als sie zur Visite kamen. Rosalin vergaß damit ihren großen Kummer. Eine Krankenschwester stellte ihr einen Spiegel auf den Nachttisch. Wenn sie sich nun mit der Häkelmütze auf ihrem nackten Köpfchen sah, fand sie sich sehr schick.

Jeder Tag war ein weiterer Schritt zur Genesung. Juliane war glücklich, ihre Familie und Freude teilten ihr Glück.

Das Wunder war geschehen. Rosalin besiegte die Krankheit.

Und plötzlich hörte man aus ihrem Zimmer ein leises Stimmchen singen: „Wenn ich ein Vöglein wär´...."

KAPITEL 15

Hans Schwert hatte Handwerker ins Haus kommen lassen. Die einstige Hausmeisterwohnung, die all die Jahre nur als Abstellkammer diente, sollte renoviert werden.

„Heute fahren wir in ein Möbelhaus, liebe Gisela, heute musst du mal all deine praktischen Kenntnisse einsetzen. Wir richten eine Wohnung für eine ältere Dame ein, die, so habe ich mich entschlossen, hier ihren glücklichen Lebensabend verbringen soll, denn sie ist die Omi unserer kleinen Enkeltochter. Der Zirkus muss sie entlassen. Die viele Arbeit und das Herumziehen soll auch für diese liebe Seele mal ein Ende haben. Wir machen hier alles so fein, dass sie gar nicht ‚nein‘ sagen kann. Was hältst du davon?"

Gisela schaute ihren Mann überrascht an. „Dann werden wir das süße Kindchen behalten dürfen, dann bleibt das Mäuschen hier, dann – ach, Hans – ich bin so glücklich!"

Es kam der Tag, Rosalin wurde aus dem Krankenhaus entlassen. Juliane studierte längst wieder. Das Praktikum im Krankenhaus war vorerst vorbei.

Gerhard hatte einen Tag in der Uni geschwänzt und holte Rosalin ab. Aber er traf nicht nur Rosalin an, sondern auch Juliane. Glücklich fuhren sie heim.

Gisela hatte sich ab Mittag freigenommen.

Auf dem Tisch stand ein Festmenü.

Frau Wein, die gute Seele des Hauses, hatte gekocht. Den ganzen Vormittag hantierte sie schon in der Küche und zauberte eine Delikatesse nach der anderen.

Sogar Schokoladenpudding fehlte nicht!

Jetzt saßen alle am Tisch.

„Ich esse nur Pudding, dann möchte ich in mein Bett. Ist meine Puppe hier?" Juliane erschrak.

„Deine Puppe ist noch nicht hier, aber sie reist noch heute nach Hamburg! Sie hat es mir versprochen, sie will mit Titin und Maltino mitfahren, wenn sie heute kommen. Der Zirkus ist ganz in der Nähe, in Kiel. Und stell dir vor, deine Freunde kommen mit Herrn Winter mit dem Auto. Na, wir bekommen so viel Besuch, da müssen wir Omi Martha ausquartieren."

„Wohin muss Omi Martha, Omi Martha muss bei mir bleiben!", sagte Rosalin erschrocken.

„Komm schnell Rosalin, komm, ich zeige dir etwas, ein Geheimnis!", rief Juliane und rannte mit Rosalin auf dem Arm hinaus in den Flur.

Rosalin kam langsam zurück. Sie hatte einen Finger auf den kleinen Mund gelegt. Ihre Augen strahlten, dann klatschte sie in die Hände und flüsterte:

„Wir haben ein Geheimnis! Ich verrate nicht, da ist eine Wohnung für Omi Martha – nämlich!"

Es folgte ein Lachen, dass Rosalin sich verwundert umsah.

Martha hörte alles erstaunt. Sie wagte nicht, mit neugierigen Fragen das Essen zu unterbrechen. Die Köchin wurde über alles gelobt. Sie war eine Kochkünstlerin.

Nach dem Essen führten Gisela und Hans Frau Lucard zu der neu eingerichteten Wohnung.

Martha konnte nicht begreifen, dass alles das für sie sein sollte. So musste sie nicht in alten Tagen in ein Heim gehen, so würde sie hier leben, hier bei ihrer kleinen Rosalin, bei netten Menschen in einem Haus, nicht mehr in einem Wohnwagen, wo doch vieles Behelf ist. So würde sie nun nach einem langen Leben des Herumreisens sesshaft werden und ... eine Badewanne gab es! Martha lachte in sich hinein. „Wenn Sie mir dieses alles hier anbieten, so will ich es annehmen, wenn ich es bestreiten kann." Sie sagte es mit hochroten Wangen.

„Hier gibt es nichts zu bestreiten, liebe Omi Martha, erlauben sie uns die Anrede und seien Sie herzlich willkommen im Kreise unserer Familie und Freunde", sagte Hans lachend.

Als Rosalin längst im Bett war, träumte sie, Titin, Maltino und Herrn Winter zu hören. Sie träumte, ihre Puppe läge neben ihr. Glücklich über den Traum, der doch so wahr war, schlief sie die ganze Nacht ruhig durch. Als sie die Augen aufmachte, stand wirklich Titin an ihrem Bett.

„Oh, Titin, ich dachte, ich habe alles geträumt! Du bist zu mir gekommen!" Titin beugte sich zu Rosalin und drückte sie. Er konnte vor Aufregung gar nicht sprechen.
Er setzte sich aufs Bett und streichelte über die schmale Hand des kleinen Mädchens.
„Meine Rosalin, meine einzige Rosalin, meine Tochter, ich bin so glücklich, dass es dir wieder besser geht. Jetzt geht es mir und Maltino auch gleich besser. Jetzt können wir auch wieder lachen. Wir hatten es ganz verlernt. Wir konnten nur noch ganz traurige Musik spielen und weinen. Die Leute haben nicht mal gemerkt, dass es echte Tränen waren.
Aber jetzt machen wir wieder Spaß, wir wollen wieder lachen!"
Rosalin nickte.
Dann sagte sie mit sehr leiser Stimme: „Titin, Omi hat eine Wohnung hier. Bist du nun traurig?"
„Nein, nein, Mutter Marthas Wohnung hier ist ein Glückstreffer, ein Lottogewinn, ein, – ach, es ist einfach eine wunderbare Lösung für Mutter Martha! Sie ist ja mit ihren dreiundsiebzig Jahren nicht mehr so jung. Sie hat immer so viel gearbeitet. Sie soll es doch nun so, so schön haben! Sie soll bei dir sein, mein Goldkind, mein kleines Mädchen, dein Schutzengel will es so!"
Und nach einer Pause sagte er kleinlaut: „Ich hatte dich ja sechs Jahre, aber ich komme immer wieder zu dir, ich komme – wann immer es geht – zu dir und Mutter Martha!"

Dann wurde es still im Zimmer.
Rosalin hatte sich zur Seite gedreht und die Augen geschlossen.
Titin blieb mit seinen Gedanken allein.
Er dachte an die Termine des Zirkus in Berlin. Hier würde er nach der Familie Wernecke suchen. Alle Anfragen an die

Einwohnermeldeämter waren ergebnislos. Aber er würde mit dem Jugendbild seines Onkels an jeder Haustür im alten Stadtteil Lichtenberg klingeln, da, wo einige Häuser vom Krieg verschont geblieben waren, dort wo die Familie Wernecke einstmals in einem kleinen Haus gewohnt hatte. Er hatte auch ein Bild mit einer Hausecke im Hintergrund. Frau Schulte hatte wirklich alle Dinge beachtet. Wenn er daran dachte, klopfte sein Herz. So saß er lange auf dem Bett, bis der Gong zum Frühstück ertönte.

Rosalin machte die Augen auf und bat: „Titin, ich möchte an dem großen Tisch sitzen, ich will nicht mehr im Bett liegen."

Titin zog Rosalin die Hausschuhe und den Bademantel an und nahm fürsorglich ihre Hand. Er merkte die Schwäche des Kindes.

Für Rosalin wurde ein Lehnstuhl an den Tisch geschoben. Da saß sie nun, mit Kissen gestützt, am Esstisch zwischen all den Erwachsenen und schien doch die Hauptperson zu sein.

KAPITEL 16

Rosalin spielte im Garten. Der Frühling hatte die Welt verzaubert. Die Vögel sangen. Die Bäume zeigten erste grüne Schleier. Die Krokusse schauten in allen Farben aus dem frischen Rasen. Schneeglöckchen wuchsen unter den hohen Tannen, und gelbe, lila, rote und blaue Primeln blühten. Die Sonne schien warm, lockte die Menschen aus den Häusern, und endlich sah man die Nachbarn wieder, jeder wollte seinen Garten genießen.

Frau Preußer schaute über den Gartenzaun. Sie hatte in all den sorgenreichen Wochen mit der Familie mitgelitten.

Sie rief Rosalin. Das kleine Mädchen rannte über die Wiese zum Zaun.

Frau Preußer hatte ein Päckchen in der Hand, reichte es Rosalin und sagte freundlich: „Ich wollte dir mal eine Freude machen, kleine Rosalin, da habe ich etwas genäht, was du sicher gebrauchen kannst, pack es mal gleich aus."

Rosalin öffnete die Schleife, legte das Päckchen sorgsam auf den Rasen und nahm vorsichtig das Papier ab. Zum Vorschein kam ein hellgrünes Puppenkleid mit einer weißen Schleife.

Das Mädchen, sprang hoch und rief glücklich: „Du hast mir aber ein schönes Geschenk gegeben!"

Rosalin benutzte die Formulierung ‚ein Geschenk gegeben' ihrer vielen ausländischen Freunde im Zirkus. „So ein schönes Kleidchen für meine Puppe, das ist so lieb von dir!"

Frau Preußer genoss die Freude des Kindes, hatte sie sich doch schon beim Nähen vorstellen können, wie wichtig einem Mädchen gerade so ein Puppenkleid sein kann.

„Da habe ich aber Glück gehabt, dass du dich freust, sonst hätte ich ja alles umsonst genäht. Nun musst du aber auch mal deine Puppe holen, falls ich etwas ändern muss."

Rosalin rannte ins Haus und rief noch: „Warte, ich hole die Puppe, ich bin gleich wieder da!".

Rosalin hatte eine neue Freundin.
So erweiterte sich ihr Umfeld. Immer wieder gab es neue Eindrücke. Aber auch die Erwachsenen profitierten von dem Kind, brachte es doch die eigene Kindheit in Erinnerung mehr und mehr zurück.

Rosalin erholte sich in der fürsorglichen Pflege aller Familienmitglieder. Eines Tages stellte sie Juliane unverhofft die große Frage: „Habe ich auch eine richtige Mami?"
Juliane zuckte zusammen. Der Zeitpunkt war gekommen, ihrer Tochter eine lange und aufregende Geschichte zu erzählen. Es war die Lebensgeschichte ihres kleinen Mädchens, die sie nun phantasievoll in eine so liebenswerte Form kleidete, dass Rosalin sich selbst als Hauptperson in einem Märchen wiederfand.

„Das war aber eine schöne Geschichte, ist die wahr?", fragte das Kind. „Oh, ja, die Geschichte ist wahr. Hast du dich denn gar nicht darin wiedererkannt?", fragte Juliane.
„Dann bin ich das kleine Mädchen, das zu den Clowns kam? Bist du das Mädchen, das so ein schweres Herz hatte, dass es fast nicht mehr leben wollte? Dann bist du ja auch meine Mami! Ich habe auch eine Mami, eine echte Mami?!"
Rosalin war wie verzaubert. Sie drückte Juliane und hielt so fest, dass Juliane direkt nach Luft schnappte und Rosalin sagte: „Jetzt sage ich aber nicht Mami, ich sage Juliane, weil ich es immer gesagt habe. Aber nun hat alles seine Ordnung."
Juliane dachte etwas besorgt: „Wenn es nur alles seine Ordnung hätte, wenn die Anmeldung damals in Bremen anders gelaufen wäre, wenn die Bossic nicht zu finden sind, wenn, ja wenn sie vielleicht im Krieg umgekommen sind..."
Die Gedanken waren zu schwer. Juliane unterdrückte sie mit Gewalt und wandte sich wieder ihrem Kind zu: „Weißt du denn eigentlich, dass für dich nach den Sommerferien die Schule beginnt? Wir müssen dich anmelden, wir müssen zur Schuluntersuchung."

„Werde ich immer bei deiner Mutti wohnen? Werde ich da auch immer bei Omi Martha sein können? Kann mich Titin besuchen? Und Maltino soll auch kommen. Bekomme ich eine Schultasche und Bücher?"

„Was soll ich denn jetzt zuerst beantworten, du kleine Neugierige, du hast so viele Fragen.

Zunächst wird Onkel Winter dir helfen müssen, dass du als meine Tochter in dem großen Buch in dem Stadthaus eingetragen wirst. Das gibt noch einen Kampf."

„Warum wollen wir denn kämpfen, Juliane?", fragte Rosalin. Juliane lachte. „Ja, warum", dachte sie, „warum konnte ich die Schwangerschaft mit vierzehn Jahren nicht zugeben, warum hatte ich so viele Sorgen und Probleme, warum wollte ich damals nicht mehr leben, warum? – Weil es diese ‚Peinlichkeit' des Benehmens gibt, weil es diese ‚Angst vor Schande' gibt, weil, – wer hat alle diese Denkweisen erfunden? So ein Kind ist doch so ein großes Glück!

Ein Weg, dass es leben kann, findet sich immer. Jetzt denken sie über eine anonyme Abgabestelle für Babys nach. Vielleicht ist das eine Hilfe. Die Mädchen müssten sehr früh von den Funktionen ihres Körpers wissen und noch mehr von der übergroßen Verantwortung für den eigenen Körper. Das wunderschöne Verliebtsein darf nicht ein junges Leben so belasten.

Eine wirkliche Hilfe für ein schwangeres Mädchen sieht doch ganz anders aus. Der Staat ist so reich, kann der nicht Fürsorge geben? Er gibt sie – die materielle Hilfe –, aber in der Verzweiflung der werdenden Mutter ist das kein Thema.

Wenn ich mein Berufsziel erreicht habe, dann setze ich mich für Mädchen ein, die ihren Weg nicht finden können, weil sie die Sorgen erdrücken. Jede werdende Mutter soll wissen, dass sie nicht alleine ist. Heute ist es oft die finanzielle Seite, die Sorgen macht. Aber es gibt so viele Menschen, die gerne ein Kind hätten. Für mich ist ganz einfach die Organisation und Aufklärung mangelhaft hier, weil sie nicht zu uns, den zu jungen Müttern dringt."

Rosalin hatte sich längst abgewandt, da sie noch keine Antwort bekommen hatte. Sie setzte sich mit der Puppe auf das Sofa, nahm ein Buch und begann vorzulesen.

Juliane horchte auf. Sie merkte, dass es der Text aus dem Buch war. Rosalin las wirklich. „Ja, Rosalin, kannst du denn lesen?", fragte Juliane erstaunt und erschrocken zugleich.

„Aber ja, lesen kann doch jeder, ich konnte es doch auch immer", antwortete Rosalin.

Juliane dachte nach. Sollte Titin es ihr beigebracht haben?

Rosalin erzählte: „Timo und Paul haben immer gelesen, da haben sie mir mal gezeigt, wie das geht. Ich habe mich erst so dumm angestellt, aber ich war noch klein, da waren sie nicht böse. Dann schenkten sie mir ein Buch für die erste Klasse. Das fing mit RO RO ROLLER an. Es ging immer weiter, immer kam ein Buchstabe dazu. Das war leicht.

Einmal las mir Paul ‚Michel aus Lönneberga vor'. Ich wollte die Schrift auch lesen können. Paul und Timo haben es mir gezeigt. Ich glaube, ich kann schon sehr lange lesen, aber was ist denn dabei?"

Juliane fragte: „Kennst du denn auch die Zahlen, kannst du auch rechnen?"

Rosalin schaute verwundert und sagte: „Man muss doch rechnen können, sonst kann man doch keine Karten für die Tierschau verkaufen."

Juliane schwieg. Sie war so erstaunt. Rosalin sollte im Herbst in die erste Klasse kommen, aber da würde sie sich langweilen.

„Kannst du denn auch schreiben, Rosalin?"

„Schreiben kann ich nicht so gut. Ich kann keine Schreibschrift. Wollen wir die mal lernen? Ich habe einen Zettel."

Rosalins Gedanken waren wie immer praktisch.

Juliane wollte mit ihrem Vater sprechen, wie sollte das alles zugehen. Ihr grauste vor der Anmeldung in der Schule. Rosalin musste vorerst als Zirkuskind eine Gastschülerin bleiben, der Vater würde hier schon helfen können. Hoffentlich traf sie auf ‚menschliche' Beamte. „Das ist auch so ein Thema, denn viele dieser Leute sind reine ‚Paragraphenreiter' ohne menschliches Denken", sprach sie nach den sorgenvollen Gedanken leise vor sich hin.

Doch eine Sachlage gab es noch zu klären: Martha hatte die Entscheidungsvollmacht für Rosalin von der Familie Bossic bekommen, als die damals nach Jugoslawien zurückging. Juliane wusste es erst einige Tage und nahm sich vor, mit Rechtsanwalt Winter zu telefonieren. Sie kannte die rechtlichen Bestimmungen nicht.

„Erst einmal genießen wir den Sommer", und weiter kam es ihr in den Sinn:

„In diesem Jahr startet die Fahrt nach Kiel zu Rechtsanwalt Winter. Bis dahin wird vielleicht auch schon eine Regelung für Rosalins Einschulung erfolgt sein. Es wäre auch möglich, dass die Familienzugehörigkeit meines Kindes durch den DNA–Nachweis schneller den rechtlichen Stand sichert. Ich freue mich: See und Wind und eine Yacht; Freunde und Lachen, – das sind Ferien!"

KAPITEL 17

Zirkusdirektor Josef Wander ging über den Zirkusplatz. Endlich waren sie mal wieder in Berlin. Er gab seinen Leuten Anweisung zum Aufbau der Wagenreihen, der Technik, des Zeltes und der Tierkäfige. Er legte einen Stellplan vor, der aus längst vergangenen Zeiten stammte, aber immer noch seine Gültigkeit hatte.

Titin und Maltino kamen auf ihn zu. „Hallo, Chef, wir bitten heute um Urlaub."

Wander sah auf die beiden kleinen Männer. Er musste nicht fragen, was sie wollten, warum sie Urlaub brauchten. Er wusste es schon lange. Er hatte alle Absagen von den Einwohnermeldeämtern gelesen.

„Also, Jungs, heute ist es soweit. Ihr geht auf die große Suche nach euren Wurzeln? Ich wünsche euch Glück, viel Glück! Ich wünsche euch, dass ihr noch jemanden eurer Familie findet! Macht euch keine Sorgen um eure Aufgaben hier, die übernehme ich gleich. Mach ich mit Vergnügen!", sagte Wander lachend. „Lasst euch mit dem Auto zur S-Bahn bringen!"

Als Maltino und Titin in Lichtenberg ausstiegen, wussten sie gar nicht, in welche Richtung sie gehen sollten. Sie liefen ganz einfach los, die Straßen schienen nicht enden zu wollen. Titin zeigte auf eine Nebenstraße. Wieder liefen sie – unendlich – wie es ihnen vorkam. Hin und wieder fragten sie – vergeblich. Dann kamen sie in eine Straße mit alten, kleinen Häusern. Maltino sah eine Bank vor einem Haus in einem Garten.

„Meinst du, wir können uns hier mal ausruhen?" fragte er seinen Bruder.

Sie gingen zur Haustür und klingelten, um darum zu bitten. Die Tür ging auf und ein älterer Man sagte erstaunt: „Mensch, Manne, – ne dette issa ja jar nich. Wenn ick frajen darf?" Aber weiter kam er im Sprechen nicht. Schon einmal waren die beiden verwechselt worden, diesmal reagierten sie.

Titin fragte nach: „Hatten Sie gerade ‚Manne' gesagt? Wir suchen hier in Lichtenberg einen Manfred Wernecke. Er ist der Bruder unserer verstorbenen Mutter."

„Den Manne? – Ick werd verrückt, na, der wohnt doch dorte, na, dorte drüben in det kleene Haus. Eure Mutter habt ´er jesacht? Ick werd in Kopp verrückt. Ihr meent doch nich die Marianne? – Die is schon lange tot! Nee, Jungs, kommt, kommt mal jeloofen. Der Manne muss noch in Haus sein."

Der Fremde fasste die beiden kleinen Männer an den Ärmeln ihrer Jacken und zog sie direkt über die Straße, kaum dass sie mithalten konnten. Er stieß die kleine Gartentür auf, rannte mit den beiden zum Haus und rief: „Manne, Manne, komm schnell, ick kann ´et nich jlooben, eene Überraschung for dir!" Die Tür ging auf. Ein kleiner, älterer Mann kam aus dem Haus, stutzte, setzte sich ganz langsam auf einen dreibeinigen Hocker, der vor der Haustür stand und starrte schweigend auf die drei Besucher. Aber auch die blieben wortlos bei der Begegnung.

Maltino nahm die Fotos aus der Tasche und reichte sie, ohne ein Wort zu sagen, dem kleinen Mann auf dem Hocker. Der schaute nicht auf, fasste hastig die Bilder, hielt eine Hand vor den Mund, und aus seinen Augen tropften Tränen. Er zog sich umständlich ein Taschentuch aus der Hosentasche und wischte sich übers Gesicht.

Der Fremde begann zu sprechen: „Manne, jib mal mir de Fotos. Ick meene, ick sehe da die Marianne und dir, is det so?" Noch immer standen Maltino und Titin still da.

Dann erhob sich der kleine Mann, ging schweigend erst zu Titin, dann zu Maltino und umarmte einen nach dem anderen. Er drehte sich weg, ging zur Haustür, öffnete sie und machte mit dem Arm eine einladende Geste. Seine Stimme war verstummt – einfach weg. Tausend Gedanken schossen wie Wasserfälle durch seinen Kopf. Fast wurde ihm schwindlig davon. Er musste sich festhalten, seine Beine waren wie aus Gummi. Noch immer sprach niemand ein Wort.

Schweigend saßen sie nun zusammen in einem kleinen, gemütlichen Wohnzimmer. Manfred Wernecke hatte ein Fotoalbum auf den Tisch gelegt. Er stand etwas mühsam auf und ging hinaus und kam mit vier Flaschen Bier wieder.

„Icke hatte jrade über den Lebenszweck nachjedacht. Nue denk ick nich mehr. Jetze müsst ´a mal reden. Mir bummert det Herze. In mein Jehirn is´een Dreherich. Ick kann nicht mehr."

Titin begann erst langsam, dann immer aufgeregter zu sprechen. Fast eine Stunde verging, bis Maltino auch seine Geschichte erzählte.

Manfred Wernecke blätterte in dem Fotoalbum bis zu einem Bild, das seine Schwester in einem Sessel darstellte. Sie hatte eine karierte Decke umgelegt – jene karierte Decke!
Dann stand er auf und holte sein altes Familienstammbuch. Hier waren im letzen Teil Namen angestrichen: Malte, Manfred, Markus, Maria, Martin, Mechthild.

Maltino und Titin schauten verwundert auf die Namen. Das alles sprach für sich.
Jetzt sagte der Fremde. „Ick hab mir ja noch niche mal vorjestellt. Ick heeße Paul Noack. Ick bin mit ´n Manne in eene Klasse jejangen. Die Marianne, die hab ick jut jekannt, wir ham´se ja nur Mari jenannt.
Wie se inne Spree jejangen is, det hat mir so ville Leid jebracht. Icke hätt se doch jenommen, aber se hatte ja diesen fiesen Jesellen. Wenn se doch nur jeredet hätte, keen een hätte se nich jeholfen. Und denne – die Eltern, den is vor Kummer det Herze jebrochen. Die ham ja nur noch ´n paar Jahre jemacht, denn war´et aus.
Ick hab ja ooch ihre Freundin jemocht, die Hanna. Die is ja denne mit de Familie nach´n Westen jemacht. Ick kann die Schicksalsbejebung nue jar nich fassen. Det is alles eene Füjung, da muss eener ja jlooben, det der Jot da oben die Strippen zieht."

Er schüttelte mit dem Kopf. Immer wieder schüttelte er mit dem Kopf.
Dann sprach er weiter: „Manne, icke hab dir immer jesagt, schaff dir een Telefon an. Die hätten dir doch viel eher jefun-

den. Aber in Einwohnermeldeamt, da ham´se jeschlampt. Die hätten ja nur det Jehirn einschalten müssen. De Straßennamen sind doch längst jeändert.“

Manfred hörte fast nicht hin. Er wischte sich über die Stirn und über den Mund, seine Augen waren verklärt als er sagte: „Paule, icke hab ´ne Familie. Die Jungs, det sind meene! Icke bin nue nich mehr alleene offe Welt. Die Mari da oben, die hat det alles jelenkt. Meene Schwester, icke hatte se ja so jerne!“

Er stand auf. Wieder umarmte er Titin, dann Maltino. Plötzlich fragte er: „Mensch Kinder, et is ja Mittag, ick muss ja mals wat auf ´n Tisch kriejen. Ick hätt da ´ne Bockwurst – fast DDR-Nostalgie!“

„Bei mir is ´ne jroße Schüssel Kartoffelsalat, janz frisch. Ick war da jrade bei, als det an ´ne Türe bimmelte. Die hol ick!“, rief Paul Noack und rannte aus der Tür.

Bald aßen sie gemütlich zusammen. Dann sagte Maltino: „Ich verstehe nicht, warum unser Brief an diese Adresse hier zurückkam. Frau Schulte hatte uns doch genau diese Anschrift gegeben. Na gut, der Straßenname ist geändert, aber die Nummer nicht. So ein Briefträger müsste doch die alten Straßennamen auch kennen, da schreibt er nur ‚unzustellbar zurück‘ auf den Umschlag, dann ist er die Arbeit los. Wir hätten doch viel früher zusammenfinden können. Aber ich will nicht nachdenken, ich will nur glücklich sein. Wenn wir zum Zirkus kommen, rufen wir gleich Mutter Martha an. Sie muss kommen, sie muss! Soviel Freude auf einmal, die müssen wir doch teilen!“

Titin lachte, stand auf und umarmte überschwänglich seinen Onkel. „Wir müssen am Nachmittag wieder zum Zirkus zurück. Dann ist die Vorstellung um sechzehn Uhr.“
Da klang es zweistimmig: „Wir kommen mit!“
„Ick fahre mit ´n Auto“, sagte Paul Noack.
Manfred Wernecke hatte noch immer Tränen in den Augen.
Als sie im Auto saßen strich er abwechselnd über die Arme von Titin und von Maltino, als müsse er sich vergewissern, dass nicht alles nur ein Traum sei.

„Paule", meinte er, „hätt'ste dette jedacht, – hätt'ste dette jedacht? Ick fühl mir wie neu jeborn, icke habe Jungs! Na, is det keen Lebenszweck?"

Als die kleine Gruppe im Zirkus ankam, liefen alle Artisten und Helfer zusammen, umringten sie und fragten durcheinander und teilten die Freude ihrer kleinen Kollegen.
Zirkusdirektor Wander sprach aufgeregt: „Ich rufe Martha an, sie muss kommen!"
Das hatten Titin und Maltino fast vergessen.

Martha war am Telefon und konnte kaum glauben, was sie hörte. Sie sagte sofort zu, nach Berlin zu kommen. Aber erst einmal müsse sie gleich bei Dr. Schulte anrufen, dass eine Reise nach Kiel nun für sie nicht mehr infrage käme.
Hanna Schulte war von der Nachricht ebenso überrascht wie Martha. Sie bat, Grüße und eine Einladung zu übermitteln. Der Bruder ihrer lieben Freundin Mari sollte unbedingt zu Besuch kommen.
Es war ihr, als hätte sie ein Stück Kindheit wiedergefunden.

KAPITEL 18

Kiel kam in Sicht. Das Auto hatte bereits die Stadtgrenze erreicht. Dr. Schulte hielt und fragte nach der Straße, in der Jürgen Winter wohnte. Die Wegbeschreibung war einfach. Bald erreichten die Hamburger das Haus, das in einem gepflegten Garten lag.

Hanna stieg aus und klingelte an der Gartentür. Ein Summen gab das Zeichen zum Öffnen, aber da kam auch schon Jürgen Winter lachend angelaufen. Er war bereits in perfekter Kapitänskleidung, fertig für eine Seefahrt auf der Yacht.

Juliane half Rosalin beim Aussteigen. Dr. Schulte fuhr den Wagen vor das Haus.

„Hallo, meine Freunde, hallo, meine kleine Herzensdame! Heute erfüllt sich ein Wunsch von mir! Heute geht es auf große Fahrt! Torben, mein Sohn, macht das Boot schon startklar. Er hat sich Urlaub genommen. Ist das nicht eine zusätzliche Freude? Da müssen wir nicht so viel arbeiten!", rief Jürgen Winter schon von weitem. „Es fehlt doch jemand, wo habt Ihr denn die liebe Frau Martha gelassen, sie war doch mit eingeladen?"

„Meine Omi Martha hatte doch gar keine Zeit. Sie ist nach Berlin zu Titin und Maltino gefahren und zum Zirkus. Da wird sie eine Überraschung erleben, hat Titin am Telefon gesagt, eine ganz große! Und meine Omi Martha bekam Herzklopfen. Sie ist aber jetzt schon in Berlin."

Rosalin hatte fast ohne Luftholen gesprochen.

„Sollten die beiden wirklichen Zwillinge Verwandte gefunden haben? Das ist ja direkt aufregend. Das wäre ja wie ein Roman", sagte Jürgen Winter nachdenklich.

Sie gingen ins Haus. Jürgen Winter zeigte die Zimmer und bat um schnelles Umziehen, heute sollte zu einer Tagestour gestartet werden, um dann, zwei Tage später, zu einer Fahrt nach Dänemark aufzubrechen.

Bald standen alle – in zünftiges Blau-Weiß gekleidet – wieder am Auto und los gings zum Yachthafen.

Rosalin freute sich, sah staunend auf die Ostsee, zeigte zu einem Segelboot und hatte, wie immer, eine ganze ‚Fragenparade' bereit.

Die Yacht lag fast am Ende des Stegs.
Torben winkte den herankommenden Besuchern zu.
Im gleichen Moment lief Rosalin los, wollte schnell dorthin, stolperte und fiel in das tiefe Wasser.
Hanna schrie auf. Torben schwang sich mit einem eleganten Kopfsprung in die Richtung des Kindes und hatte mit wenigen Schwimmzügen die Kleine erreicht, die fast unerschrocken wie ein kleiner Hund paddelte.
„Wolltest du vom Wasser aus einsteigen, das ist aber ein sehr nasser Weg", sagte Torben lachend. Er half Rosalin, zum Boot zu schwimmen. Dort kletterten beide über eine Strickleiter zum Deck hinauf.
„Du kannst ja wie ein Artist die Strickleiter hinaufkommen, du kleine Dame!", rief Torben lachend. „Nun müssen wir mal die Schränke nach trockenen Sachen durchsuchen, damit es keinen Schnupfen gibt."

Torben kam mit einem weißen Pullover, einem Badehandtuch und dicken Wollsocken aus der Kajüte. Sogleich zog er das Kind wie selbstverständlich aus, dass Rosalin fragte: „Hast du Kinder, hilfst du ihnen abends auch immer beim Ausziehen?" Torben antwortete lachend: „Nein, ich habe keine Kinder, ich habe ja nicht einmal eine Frau! Aber weil ich ein Arzt bin, muss ich schon mal den ‚Dötzen' beim Ausziehen helfen."

Unterdessen waren auch die Besucher und Jürgen Winter an Deck. Sie machten mit Rosalin ihre Späße, denn Rosalin saß nun eingewickelt und mit viel zu großen Wollsocken auf der Bank. Endlich kam Torben aus der Kabine. Auch er hatte

sich umgezogen und wollte die nasse Kleidung auf dem Boots-
deck aufhängen. Amüsiert griff Juliane zu. Sie konnte den
blonden ‚großen Jungen‘, wie Rosalin sagte, mit Klammern in
den Händen kaum begrüßen. Sie sahen sie sich an, als würden
sie sich lange kennen.

Der Yachtbesitzer Winter bemerkte mit Wohlwollen das sym-
pathievolle Treffen der beiden hübschen jungen Menschen.
Innerlich jubelte er. Nie hatte sein Sohn Interesse an einem
Mädchen gezeigt, nie hatte er eine Freundin. Immer verkroch
er sich in seinen Büchern, ging nicht aus und war nur mit einer
Bootsfahrt aus dem Haus zu locken.

Hanna kam mit Tee aus der Kajüte. Sie hatte sich sehr schnell
zurechtgefunden. Es war ja alles um und über dem Propangas-
herd platziert. Sie reichte Rosalin eine Tasse und auch Torben.
Der nahm dankend an und holte aus einem der Einbau-
schränke eine Flasche Rum, goss Rosalin einen kleinen und
sich einen großen Schwups davon in den Tee. Rosalin lachte,
sie tat gleich, als sei sie vollkommen betrunken.
Dr. Schulte amüsierte sich, und Jürgen Winter war einfach nur
glücklich.

Unterdessen hatte Torben den Motor angelassen und stand nun
als Kapitän am Ruder.
„Ich möchte zu dem großen Jungen“, bat Rosalin, die sich in
dem Badetuchwickel und viel zu großem Pullover nicht bewegen konnte.
Juliane wickelte sie aus dem Handtuch und setzte sie auf einen
Drehstuhl beim Steuerrad. Rosalin sah glücklich auf Torben
und fragte: „Bist du jetzt auch mein Freund, Onkel Winter ist
mein Freund. Torben lachte herzlich, umarmte mit einem Arm
das kleine Mädchen und sprach höflich: „Es ist mir eine große
Ehre, dein Freund zu sein, ich heiße Torben und du bist, das
weiß ich schon lange, Rosalin.“

Dr. Schulte und Jürgen Winter saßen in der Kajüte zusammen.
Sie hatten einen guten Vorrat an Bier entdeckt. Sie spaßten und
lachten, dass Hanna und Juliane hinuntergingen, um auch mit-
zulachen. Torben rief vom Deck: „Das ist ja wohl ungerecht,
ich muss hier oben arbeiten und darf nicht einmal die Gesell-

schaft einer netten jungen Dame haben!"
„Aber du hast doch mich", sagte Rosalin vorwurfsvoll, „ich bin doch auch noch jung."

Juliane kam lachend hoch. Sie brachte eine Flasche Bier für Torben mit.
„Eine Flasche ist sicher genehmigt, mehr darf der Kapitän nicht trinken."

In der Kajüte waren Rechtsanwalt Winter und Hanna Schulte unterdessen dabei, ein besonderes Essen zuzubereiten. Es sollte gebratene Schollen und Dillkartoffeln geben. Die Zutaten befanden sich an Bord, alles war vorbereitet. In perfekter Zusammenarbeit war bald der Tisch gedeckt und das Essen serviert. Nun konnte die Gemütlichkeit beginnen.
Aber da war noch eine Schwierigkeit. Es musste eine Anlegemöglichkeit gefunden werden.
Der Essengeruch, der aus der Kajüte drang, hatte Torben bereits veranlasst, die Küste anzusteuern.

Bald saßen die ‚Hobby-Seefahrer' gemütlich zusammen.
Jürgen Winter hob sein Weinglas und begann zu sprechen:
„Liebe Freunde, dies ist für mich ein Glückstag. Ich wünsche euch ein gleiches Glücksempfinden, im Kreise lieber Freunde zu weilen, mit ihnen zu essen, zu trinken und zu lachen! Prosit!
Ihr wisst ja, dass ich in meine kleine Rosalin ganz verliebt bin und dass es mir eine besondere Freude ist, das Kind heute hier gesund und glücklich zu sehen."

„Vater, ich kann dich beneiden, ich bin auch verliebt in Rosalin, aber ich habe noch keine Bestätigung von ihr, das ich das sein darf", sagte Torben.

Rosalin zog eine böse Falte mit den Augenbrauen und sagte:
„Torben, du kannst ja mein Freund sein, aber verliebt kannst du nicht sein, da musst du schon Juliane nehmen. Kinder dürfen sich nur in Mami verlieben; na, und ich darf auch noch Omi Martha und Titin lieb haben. Aber Onkel Winter, einen Freund hat man doch nicht lieb, der ist doch eben ein Freund. Eine Tante Hanna habe ich lieb und Julianes Mutti."

„Und uns beide", fragten fast einstimmig Jürgen Winter und Dr. Schulte, „uns hast du nicht lieb?"

„Das ist sehr kompliziert, können wir nicht lieber jetzt den ‚platten Fisch' essen?", gab Rosalin als Antwort und meinte damit die Scholle.

Torben sah Juliane verstohlen an: „Juliane, hast du Rosalins Anweisung herausgehört?"

Juliane bekam rote Wangen, nickte Rosalin zu und sagte ablenkend: „Ja, wir wollen den ‚platten Fisch' essen."

Bald saßen alle in der Sonne auf dem Deck und ließen sich wieder den Fahrtwind um den Kopf wehen.

Es wurde ein wunderschöner Tag. Das warme Sommerwetter hatte die kalten Tage besiegt.

Den Abend verbrachten sie auf der Terrasse des Hauses Winter. Rosalin schlief längst.

Für den nächsten Tag war ein Stadtbummel durch Kiel geplant. Rosalin ging an der Hand von Rechtsanwalt Winter, der ganz stolz war, wie ein Großvater ein kleines Mädchen auszuführen. Wie oft hatte er älteren Leuten mit ihren Enkelkindern nachgeschaut – immer mit der Sehnsucht, auch einmal ein Opa sein zu können.

Rosalin hopste, rannte und sprang an seiner Seite, aber er ließ die kleine Hand nicht los.

In der bunten Einkaufsstraße fragte er Rosalin: „Könnte ich dir nicht mal eine Freude machen, hast du nicht einen Wunsch, dürfte ich dir nicht etwas Schönes kaufen?"

„Oh, ja", kam die spontane Antwort, „ich hätte so gerne eine Karte für die Omi Martha mit einer Briefmarke. Dann male ich eine Sonne drauf und ein Schiff, weil es hier so schön ist!"

Jürgen Winter kaufte eine Ansichtskarte, und bei einer kleinen Rast in einem Straßenkaffee sollten alle Grüße darauf schreiben. Rosalin freute sich darüber und malte in eine Ecke der Karte die Sonne und ein ganz kleines Schiff in die andere.

Als alle ihren Namen geschrieben hatten, umarmte sie den Spender so übermütig, dass der fast seinen Kaffee verschüttet hätte.

„Rosalin, ich habe eine tolle Idee, sieh mal, da drüben ist ein Taschengeschäft, da gehen wir gleich hin und kaufen dir eine Schultasche, würde dir das gefallen?"

„Onkel Winter, eine Schultasche kostet viel Geld, hast du denn so viel Geld, kannst du denn einfach so für mich eine Schultasche kaufen?", fragte Rosalin aufgeregt.

„Kleine Rosalin, wenn ich dir damit nur eine Freude machen kann, dann ist es mir nicht ein bisschen zu teuer!", rief Jürgen Winter und lachte so laut, dass sich die Leute nach ihm umdrehten. Rosalin bekam die Schultasche.

Doch dass sie nun den ganzen Tag die Tasche auf dem Rücken tragen wollte, damit hatte niemand gerechnet, sonst wäre der Kauf erst am Abend geschehen.

Torben war wirklich etwas eifersüchtig geworden, dass sein Vater ihm mit einem Geschenk für Rosalin zuvorgekommen war.

Plötzlich fragte Rosalin: „Warum werde ich heute so verwöhnt, ich habe gar keinen Geburtstag mehr, der ist schon vorbei. Und heute hast du mir schon die Karte geschenkt und die Schultasche." Torben unterbrach und fragte: „Kannst du nicht noch nach deinem Geburtstag einen Geburtstagswunsch erfüllt bekommen? Ich würde dir auch so gerne eine Freude machen und dich verwöhnen, weil es lustig ist, mit einer kleinen jungen Dame einen Stadtbummel zu unternehmen."

Rosalin sah zu Juliane: „Ich habe ja immer einen Wunsch, aber darf ich denn das sagen?"

Juliane meinte: „Torben würde sich vielleicht mit dir freuen, das wäre es wert, – du wirst dir ja nicht gerade einen Brillantring wünschen."

Rosalin blieb stehen. – Jürgen Winter sah sie erstaunt an. –
Sie stemmte die Hände in die Taille und fragte: „Juliane, würdest du dir denn einen Ring wünschen? Ich nicht, den brauch ich nicht." Dr. Schulte und Hanna lachten herzlich. Bis sie sich umsahen, war ihr Freund Jürgen verschwunden.

Rosalin hatte ihm unbemerkt einen Wink gegeben.

„Oh, habe ich Onkel Winter geärgert?"

„Nein, kleine Rosalin", bemerkte Torben, „aber verrate uns doch deinen Wunsch, dann ist mein Vater sicher gleich wieder hier."

„Weißt du Torben, Paul und Timo haben mir das Buch ‚Michel

aus Lönneberga' geborgt, aber es ist doch im Zirkus bei ihnen im Wagen. Ich würde so gerne darin lesen." Torben sah erstaunt auf das Kind. Da man noch auf Jürgen Winter wartete, der hinter einer Straßenecke verschwunden war, bat er seine Begleiter dort zu warten, schnappte sich Rosalin mit einem Arm und rannte mit ihr über die Straße in ein Buchgeschäft.

Rosalin war noch nie in einem Buchgeschäft gewesen. Sie klatschte in die Hände und rief: „Ist das hier schön, so viele Bücher, – Torben, Torben, so ein schönes Geschäft!"

Torben fragte nach dem Buch. Ein Verkäufer führte ihn in die Kinderecke und reichte ihm die gewünschte Lektüre. Torben zog ein weiteres Buch aus dem Regal ‚Märchen von Astrid Lindgren'.
„Meinst du, dass du zwei Bücher tragen kannst, Rosalin?"
„Oh, doch, ich kann das gut", meinte Rosalin mit ernstem Gesicht. An der Kasse bezahlte Torben die Bücher und steckte sie in die Schultasche, die Rosalin noch immer auf dem Rücken trug. Rosalin stellte sich auf die Zehenspitzen als Torben sich beugte und umarmte ihn. Torben war gerührt.
Er dachte: „Dass mein Vater sich in das kleine Mädchen verliebt hat, ist kein Wunder. Es ist ein Goldkind."

Als sie über die Straße gingen, kam Jürgen Winter gerade zurück. In seinem Gesicht war ein geheimnisvoller Glanz.

Nun lief die Gruppe durch die Innenstadt, bis Hanna bemerkte, dass Rosalins Beinchen müde wurden.
Da steuerten sie direkt auf ein Restaurant zu, um hier gemütlich zu essen.
Jetzt hatte Rosalin Gelegenheit, die Schultasche abzunehmen. Sie war so glücklich darüber. Sie nahm die beiden Bücher heraus, räumte das bereits gedeckte Besteck zur Seite, legte ihre Bücher auf den Tisch und begann sofort fast fließend vorzulesen. Da sahen alle mit erstaunten Augen auf das Kind, aber niemand störte. Als Rosalin umblättern wollte, kam der Ober, um die Bestellung aufzunehmen.
Juliane bestellte für Rosalin die unumgänglichen Nudeln und Schokoladenpudding.

„Darf es denn auch statt Schokopudding Schokoeis sein?", fragte der Ober höflich mit dem Blick zu Rosalin. „Ich glaube schon", gab Rosalin zur Antwort.

Bald standen vor jedem die fein dekorierten Essteller mit neuen Kartoffeln und verschiedenen Fischsorten, die Schalen mit Gemüsen und Salaten.

Es wurde still am Tisch, jeder genoss das Essen.

Als das Besteck auf den leer gegessenen Tellern lag, wollten alle auf einmal Rosalin fragen, wer ihr das Lesen beigebracht habe.

„Das waren Paul und Timo, aber ich kann doch schon lange lesen. Das kann man doch."

„Ach so, das kann man eben", meinte Dr. Schulte und sah zu Jürgen Winter. „Das kann man doch", kam die Bestätigung. Rosalin war zufrieden mit ihrer Feststellung.

„Torben, ich finde das so nett von dir, du hast mir gleich zwei Bücher gekauft. Ich freue mich darüber so sehr, in meinem Bauch kribbelt es vor Freude, aber das sind nicht die Nudeln."

Torben schüttelte lachend mit dem Kopf. Er hatte das Gefühl, selbst ein Geschenk bekommen zu haben.

Nach dem Essen machten alle zusammen noch eine Stadtrundfahrt mit den eigenen Autos, wobei Torben das von Dr. Schulte fuhr, da ihm die Stadt vertraut war. Am frühen Nachmittag saßen sie im Garten zusammen und tranken Kaffee.

„Morgen dampfen wir früh los, die Fahrt nach Kopenhagen dauert schon einige Zeit. Wir bleiben drei Tage in der Stadt, denn dann haben wir genug Zeit, all die Sehenswürdigkeiten mitzunehmen. Da müsst ihr eure Koffer auf das Boot bringen."

„Fahren wir mit einem Dampfer? Warum müssen wir denn so viele Würdigkeiten mitnehmen. Was ist das denn?" Rosalin hatte es nicht verstanden und war erstaunt, weil alle lachten.

Schon am frühen Morgen schien die Sonne.

Um die Autos in der Garage zu lassen, fuhren sie mit einem Taxi zum Yachthafen. Torben hatte bereits sehr früh einige Dinge zum Schiff gebracht und war längst zurück.

Juliane hatte wenig geschlafen. Irgendetwas ließ sie nicht zur Ruhe kommen. Ihre Gedanken gingen in alle Richtungen.

Immer wieder sah sie den lachenden, blonden Torben, der wie ein Geist in ihrem Denken erschien. Aber etwas in ihr wehrte sich zuzugeben, dass es eine kleine, erste Verliebtheit sein könne. Verbannte sie das Thema, seit sie damals in der Kur den Jungen traf? Verbot sie sich das Verliebtsein, weil sie jenes Unglück hatte, weil sie viel zu früh ein Kind bekam? – Längst war das Unglück in Glück gewandelt.

Sie war verwirrt, als Torben plötzlich wie ein ‚großer Junge‘ vor ihr stand. Dann musste sie aber doch lachen, denn genau das hatte Rosalin über Torben gesagt.

Hanna zeigte Rosalin die neuen, weißen Turnschuhe, die sie gestern noch schnell gekauft hatte. Sie hatte für sich und ihren Mann ebenfalls Turnschuhe besorgt.
„Da sind wir dann alle richtige Matrosen“, meinte Hanna. Rosalin freute sich und jubelte ihr ‚Judeldideldei-Ju-hu‘.

Bald ging die Fahrt in Richtung Kopenhagen.

Es war ein Erlebnis, – nicht nur ein Erlebnis für Rosalin, nein für alle: die Seefahrt, Schloss Christiansborg, die Börse mit dem gedrehten Turm, der Rathausplatz mit dem Drachenbrunnen, Schloss Charlottenborg und der Vergnügungspark Tivoli. „In den Park wollen wir morgen fahren, da gehen wir den ganzen Tag hin!“, rief Rosalin vergnügt.
Als der Abend kam, fuhren Schultes in Torbens Wohnung, um dort zu übernachten. Juliane und Rosalin schliefen auf der Yacht in der einen Koje, Rechtsanwalt Winter mit Sohn Torben in der anderen.

Am letzten Abend am Kai von Kopenhagen saßen alle lange auf dem Deck der Yacht. Der Mond stand riesengroß am Himmel und gab der stillen See ein geheimnisvolles Licht. Leise plätschernd schlugen die Wellen ans Boot.
Rosalin stimmte das Lied an ‚Der Mond ist aufgegangen‘. Sie sang so rein und hell in die Nacht, dass auf anderen Booten die Leute aus ihren Kajüten kamen, zu Winters Yacht schauten und zuhörten. Rosalin sang gekonnt mit voller Stimme noch viele Lieder. Niemand stimmte mit an, um den Gesang nicht zu übertönen.

Nach einer Pause begann Torben leise und mit einem verschmitzten Lächeln zu sprechen: „Ich habe mein Horoskop erstellt. Damit es sich erfüllt, muss ich den heutigen Abend nutzen, der Mond sagt es.

In dieser hellen Nacht werde ich die Wassernixen rufen, sie sollen mit helfen, dass sich mein Horoskop mit meinem großen Herzenswunsch erfüllt:

Hört, ihr Nixen, hört mich an! Amor hat mich mit seinem Pfeil getroffen, aber ich weiß nicht, ob er auch ein zweites Mal den Bogen spannte und schoss, ob auch ein zweiter Pfeil zum Ziel gelangte. Ich habe mich unsterblich verliebt, helft mir, dass meine Liebe angenommen wird!"

„Der soll nicht schießen, wir haben dich doch lieb!", rief Rosalin aufgeregt. Torben nahm Rosalin lachend in die Arme.

„Du bist also die Wassernixe, die mir helfen will? Dann frage deine Juliane-Mami ob ich sie ganz festhalten darf, ob sie meine große Freundin sein will und du meine kleine sein darfst."

Juliane war erschrocken.
Das war es, was sie so beunruhigte. – Sie hatte sich verliebt!

Sie stand auf, ging auf Torben zu, und ehe sie sich versah, umarmte und küsste Torben sie, drückte sie an sich, als wolle er sie nie mehr loslassen. Juliane schmiegte sich an, als könne sie die solange vermisste Zärtlichkeit in diesem kurzen Augenblick für lange Jahre nachholen.

„Das ist also die wirklich wunderbare Liebe", dachte sie und flüsterte leise: „Torben, mit dir gehe ich jeden Weg."

Da drängten sich zwei Ärmchen zwischen die beiden, zwei große Augen schauten mal Juliane mal Torben an, und eine Kinderstimme fragte zögernd: „Darf ich immer jeden Weg mitgehen?" Torben nahm Rosalin hoch und gab ihr einen Kuss: „Meine kleine Rosalin, ab sofort bist du auch meine allerbeste Freundin!", rief er glücklich.

Es war ganz still auf dem Deck.
Dann räusperte sich Jürgen Winter und begann zu sprechen: „Kinder, welch eine Nacht, welch ein Glück, welch ein Wunder!

Ich wünschte es mir so, – ach, ginge es in Erfüllung und Rosalin würde mein Enkeltöchterchen werden, und ich bekäme Juliane als Tochter! Welch wunderbare Familie wären wir! Ich wünsche euch alles Glück der Welt, meine Kinder, bleibt zusammen!"

Er griff in die Jackentasche und sagte lachend: „Besiegle das Bündnis, mein Junge, ich kannte sicher dein Horoskop. Die kleine Rosalin hat mir so ganz unbewusst mit der Frage an ihre Mutti ob eines Brillantringwunsches diesen wunderbaren Tipp gegeben!"
Er reichte seinem Sohn ein Kästchen, darin lagen zwei Ringe, der kleinere mit einem Brillanten.

Torben umarmte seinen Vater.
Er drehte sich zu Juliane und zeigte ihr den Brillantring mit der Frage: „Magst den Ring als Verlobungsring annehmen, so ganz in der liebenswerten Sitte vergangener Generationen? Er soll dich jeden Tag an mich erinnern, aber eines Tages – so wünschte ich – lebst du mit mir."

Juliane steckte den Ring an den Finger und umarmte Torben. Sie hielt ihn fest, sagte kein Wort mehr. Torben löste sich aus Julianes Umarmung, schaute auf und sah, erhaben wie ein Kriegsheld, im Kreise herum, dann lachte er übermütig.

Hanna und Kurt Schulte gratulierten mit vielen herzlichen Wünschen für die Zukunft. Jürgen Winter drückte seinem Sohn lange die Hand. „Wenn Mutter das alles miterlebt hätte, aber werde so glücklich, mein Junge, wie wir es einst waren!"

– Und noch in später Nacht hörte man die Sektkorken knallen.

Hier endet meine Erzählung.

Und wie das Leben jener liebenswerten Romanfiguren weiter-geht? Die Menschen, von denen ich berichtet habe, werden glückliche Menschen sein, denn sie haben eine Gemeinsamkeit, sie alle haben ihre große Liebe in ein Kind investiert.
– Juliane wird ihr berufliches Ziel weiterhin mit Fleiß anstre-ben. In den Semesterferien wird sie mit Rosalin in Dänemark sein. Sie wird das feste Bündnis einer glücklichen Ehe erfahren.

Nun sage ich euch ade!
Ade, Titin und gütige Martha – und danke!

Ade, Herr Dr. Schulte und liebe Frau Hanna, Sie haben sich eine Tochter und ein Enkelkind ‚geborgt'. Sie werden nie ent-täuscht werden!

Ade, liebe Familie Schwert, denken Sie daran, wie viel Glück Ihnen Juliane und Rosalin schenken!

Ade, werter Rechtsanwalt Winter. In ihrem Herzen lebte die Sehnsucht nach dem Enkelkind, dass Sie es fanden, war Ihr Werk, Ihre Herzlichkeit!

Ade, liebe Juliane, lieber Torben, auch ich wünsche Euch alles Glück der Welt und eine alle Zeiten überdauernde Liebe!

Adieu, meine kleine Rosalin. Du bist in meinem Herzen und in meiner Phantasie geboren. Möge es viele kleine Rosalins geben, weil sie so viel Freude und Glück bringen!

Eure Karin Schnieders

Sommer 2001 – Die Idee zu diesem Roman erwuchs aus einer Hausaufgabe im Kursus ‚Kreatives Schreiben' der VHS Lingen. Kursleiterin: Frau Elisabeth Tondera.